N · P

N · P

BANANA
YOSHIMOTO

[日]
吉本芭娜娜 —————— 著
张唯诚 —————— 译

上海译文出版社

目录

据我所知，这个叫高濑皿男的人是位忧郁的作家，住在美国，在他那忧郁的生活中抽空写写小说。

四十八岁自杀身亡。

和已经离婚的妻子育有两个孩子。

小说集成一册，曾在美国红过一阵。

书名叫《N·P》。

书中收录了九十七个短篇，都极短，散文一般地依次罗列，大概这位作家是个没长性的人。

这些事是从我昔日的恋人庄司那里得知的，他发现了这位作家未曾发表的第九十八篇小说，并且把它翻译了过来。

讲完怪谈百物语的第一百个故事时总会发生些什么，而在那个夏天，我的体验就恰如那第一百个故事，仿佛真切地经历了那种事情。浓烈的空气，宛若被夏日的天空吸进去的心情，不错，那就是一个发生在那些短暂时日里的故事。

是哦，回想起来，我是在高中时见到高濑皿男的两个孩子的。只有一次，距离现在五年多了。

那天，庄司带我去参加出版社的聚会。会场很大，硕大的餐桌上摆满银制的餐具和各色菜肴，很多人聚在几个兰花形小吊灯下谈笑风生。

其他几乎看不到什么年轻人，所以当我发现他们时，心中涌起一阵喜悦。

庄司正同别人聊得起劲，我悄悄挪动了一下位置，来到一个可以更方便观察他们的地方。我有一种奇怪的感觉，仿佛已在梦中和这两个人见过好多次。不过很快我便回到了现实中，我明白，不论是谁见到他们俩，都会产生和我同样的感觉。

不经意间诱发乡愁的男女。

见我出神地盯着他们，庄司说："那两位就是高濑先生的遗孤。"

"两人都是?"我问。

"听说是异卵双胞胎。"

"挺想和他们聊聊的。"

"我来介绍一下吧?"

"我在这儿就是以年满二十的身份出现的，瞧你小心翼翼的样子!"我笑道。

"那就好。走吧，我为你介绍。"庄司也笑了。

"算了吧，还想再看看他们。"我觉得以现在的距离观察恰到好处，搭起话来就难以细细打量了。

关于这两个人，我只知道他们是高濑皿男年轻时结婚生下的孩子，年龄和我相仿。他们很小时高濑皿男就离开家了。高濑皿男去世后，他们和母亲一起搬到了高濑在日本的家中。

我望着他们心想，这两个人一定经历了很多

事情。

两人都是高挑个儿，棕色头发。女孩肌肤娇嫩，光滑饱满，双腿紧致，脚蹬一双黑色高跟鞋，宽肩敞领的礼服配上天真无邪的脸蛋，透出令人新奇的明快气息。

男孩长得也很帅气，虽然目光有些暗淡，但身上洋溢着充满希望的健康，眼神中有一点天生的狂野，让人感觉得到遗传的痕迹。

两人似乎很爱笑。自始至终都在聊着什么，满脸笑意地望着对方。

看到这情景，我想起自己也有过类似的心境。

那是我去附近一个植物园散步时的事情。一对母子在草地上随意而卧。植物园很大，几乎没有人，碧绿的草地上洒满金色的夕阳，年轻的母亲将六个月大小的婴儿放在一方白色毯子上，既没逗孩子玩，也没有笑，只是愣愣地注视着婴儿，不时若有所思地抬头看看天空。

阳光穿过母子俩的鬓发，那鬓发在风中轻柔地飘动，这有着浓重阴影的光景颇像一幅魏斯[①]的图画定格在我心中。

我的目光突然变得很遥远，仿佛成了神的视线，幸福和忧伤融在一起，汇成一幅夕阳下永恒的风景。

高濑姐弟的周围似乎也弥漫着类似的氛围，那是明媚夕阳下的忧郁。即使再年轻，再快乐，那忧郁也无法消散，也许这就是流动在血液中的才华在显现吧。

我问庄司："你要译高濑皿男的小说?"

"是啊。"他看着我，有点得意地回答。

"题目叫什么来着? 好像是什么的首字母。"

"是《N·P》。"

"《N·P》是什么?"

---

① 安德鲁·魏斯（1917—1996），美国当代新写实主义画家，作品具有浓厚的乡土色彩和独特的怀乡写实作风，以贴近平民生活的主题画闻名。

"*North Point* 的缩写。"

"是什么意思?"

"从前有首曲子，名字就是 *North Point*①。"

"是首什么样的曲子呢?"

"嗯……非常忧伤的曲子。"庄司说。

---

① 当代电子音乐大师 Mike Oldfield 1987 年推出的专辑《Island》中收录的一首歌，表现了被关押在监狱灰色高墙中的囚犯们内心的悲哀，咏唱了他们从压抑的空间获得解放的瞬间幻想。

那天，电话铃声将我从睡梦中突然吵醒。

“……喂?”我从被窝里伸出手，拿起话筒，耳边传来姐姐低低的声音：“风美吗?是我，你好吗?”国际长途特有的断断续续的声响让我清醒过来。

“有什么……有什么事吗?”

屋里幽暗恬静，看看表，清晨五点钟。透过窗帘的缝隙能看到外面黎明的天空还罩着沉重的灰色。梅雨还没结束呢，我怔怔地想。

“没什么事，就是打个电话。”姐姐说。

“又忘记时差了吧，现在这里是早上五点。”

“抱歉抱歉。”姐姐笑起来。她嫁到了伦敦。

“那边是什么时间?”

“夜里八点。”

想想时差，总觉得不可思议。难得相通的那条电话线也显得珍贵起来。

“你还好吗?”我问。

“我梦见你了呢，”姐姐道，“在我们家附近，你在走路，挽着一个比你年长很多的男人。”

“附近?你是说伦敦?”

“是呀，就在我们家后面的教堂那里。”

“真是那样就好了。”我高兴地说。姐姐的梦总是很准，一直以来都是。

“可是总感觉两个人挺难过的，也不跟我打招呼。那男的个子挺高，有些神经质的样子，穿一件白毛衣，而你不知道为什么穿着水兵服，所以呢，给我的印象倒像一对偷情的男女呢。”

“我没有!”

虽然嘴上那么说，但我还是吃了一惊，姐姐在梦中看到的一定是我和庄司。

可是姐姐并不认识庄司。

“这么说，我的直觉也不准咯。”

“嗯，没猜中。”

我一面答话一面想，这是否是某种前兆呢？这阵子我想起他的次数的确多起来，每次只一瞬间，而且方式也不同于回忆。在雨中，在黝黑潮湿的柏油路上，在街角闪光的窗户上，那面容会忽地一下闪现出来，尽管我一直在努力忘掉他。

“姐夫好吗？”

“嗯嗯，很好，入冬后要和我回日本呢，你和妈妈碰面了没有？”

“嗯，常见面，她也想你呢。”

“代我问她好。吵醒你啦，对不起，回头再打吧。”

“把时差弄清楚再打。”

“明白了，你也要当心，不要陷入悲哀的不伦之恋哦。”姐姐笑了。

我“嗯嗯”应着挂断了电话。

放下话筒，屋里的寂静真真切切地向我压来，这是一天开始前的时刻，新的一天还没有真正到来。

我心里有事，下了床，打开桌子下面的合叶拉门，里面有个匣子，我并不常动。打开匣子，里面有一包陈旧的《N・P》手稿、活页封面和一块沉甸甸的劳力士手表。

这些是庄司的遗物。

他是四年前服安眠药自杀的，自从我拿到这些东西以后，它们便在我心中的某个地方安顿了下来。

即使是白天，在我工作的大学研究室里，当遥远的警笛声掠过街市，引得我突然凝神静听的时候，我总是觉得那声音离我家很近。每当这时，那些东西便会浮现在心头，对我而言，它们是如此沉重。

仿佛要确认一下似的，我拿起它们，又放回原处。然后钻进被窝，再次进入梦乡。

在我十九岁之前，我们一家三口：母亲、姐姐和我住在一起。

我九岁、姐姐十一岁那年，父母离婚了，因为父亲喜欢上了别的女人。

母亲原来是一名口译工作者，经常飞来飞去。为了照料我们，开始做书面翻译，这样可以在家里工作。从初稿翻译到会议纪要，什么工作她都揽来做。

父亲离开家以后，生活虽然寂寞，但还是挺有意思的。三个人住在一起，年龄和角色似乎每天可以转换好多次。一个人哭泣，另一个人就来安慰；一个人说沮丧的话，另一个人就进行鼓励；一个人撒娇，另一个人就亲切地给予拥抱；一个人生气，另一个人知错就改。

慢慢地，我们习惯了这种生活。

母亲说我们在一起的时间不多了，决定教我们英语。一过晚上十点，大家就把笔记本摊在厨房的餐桌上，开始一个小时的学习，内容是发音、单词和简单的会话。幼小的我们常在心里嘀咕：这不是闹着玩吗？但为了母亲，还是耐着性子参加。

因此，对我们来说，母亲最让人印象深刻的并不是厨房里的背影，而是戴着银边眼镜教英语时那用力的面庞和飞快翻阅厚重的辞典时那白皙的手指。她在教我们的同时，似乎是要再一次把那些浅显得不能再浅显的英语铭记在心，重新描绘出自己的人生线条，那尽心竭力的样子非常美丽。

现在，母亲和我们都各自独立生活了，但每每聚首，母亲总会将我在英美文学研究室工作以及姐姐和外国人结婚归结于她的教育，“能走到这一步还是因为跟着妈妈领略到了英语的乐趣啊。”她笑着说。在我心中，那时的母亲比任何时候都可爱。

那天早上，我突然睁眼醒来，最初映入眼帘的是从窗帘缝隙处透进来的澄澈的夏日天空，那色调似乎与梦中所见非常相似。

梦里我哭了。感觉好像是把从清湛的河水中淘到的砂金带回了家。

“是因为悲伤而哭泣?”我怔怔地想，“还是因为在悲伤中得到了宽恕而哭泣？总之无论哪种情况我都不愿醒来啊。”

凉爽的风穿过虚掩的窗吹进房间里来。

去研究室上班后，我的心依然平静不下来。

茶杯被打碎，复印纸漏不断。

“奇怪。”我不住地嘀咕。今天的确不正常。

宛若将梦中的感觉带到了现实。

察觉到自己的反常后，我一直在琢磨，那是一个怎样的梦呢？

接电话心不在焉，有时接晚了，有时挂早了，整个上午出了十几次错。这次教授干脆自己拿起话筒，“喂，”他一面对着话筒打招呼一面满脸无奈地望着我，到这时我才清醒过来。

“加纳小姐，找你的。”教授苦笑着将话筒递过来。

道声抱歉，我接过话筒。

“喂？”

电话断了。

“对方报姓名了吗？”我疑惑地问教授。

“没有，只问加纳小姐在吗，是个女人的声音。”教授回答。

“我看，加纳小姐，今天你累了，去午休吧。”教授说。

“可是，才十一点呀。”

我的话音刚落，办公室里一直佯装不知的同事们便纷纷在各自的座位上向我示意，是啊是啊，去休息吧，大家众口一词地说。

于是，我被赶出门似的离开了办公室。

今天的我有那么奇怪吗？我这样想着，穿过无人的操场出了校门。这是我没有料到的事，眼前的景物都很新鲜，仿佛自己还没有完全回到现实中来，莫非那是我降生于世时的梦境？

学校后面有一条坡道，坡道中间有一家书店。想到午休时间有两个小时，我便走上坡道，决定去那家店里买点什么。

我就是在那条坡道上碰到乙彦的，这是我平生第二次见到他。

那时我正在穿越坡道旁的一条老商业街，我怔怔地望着街道，沉醉在眼前的景物里，蓝天，流云，街上装饰铺面的银色和粉红的花。我清楚地记得当我们见面时，那些跃动的影像还在我的眼角残留不去。

猛抬头，看到一个似曾相识的人从坡道上走下来。

“啊，是你吗?”我条件反射似的脱口而出，“你是高濑先生的公子吧。”

“是呀。你是?”

他眼里充满惊讶，这是很自然的。我连忙自我介绍：“我曾在 H 出版社的聚会上见过你一面，我叫加纳风美。”

他愣愣地打量我。“哦哦，”他说，“当时你和翻译家户田庄司在一起吧。”

“记得很清楚呀。”我说。

“那时只有我们几个比较年轻，很显眼。”他笑道。

“你住在这附近?”我问。

“哦，我家在横滨，现在住姐姐那里，就在这坡道上头，T 大学心理学研究院里面。”

“哎？T大？”

“是呀。”

“还真巧了，我就在那里的英美文学研究室工作。”

“是吗？我姐姐就是那次聚会上和我一起的同伴，她叫咲。”

“那一定在路上遇到过。”

“有时间吗？一起喝茶怎样？”

我有大把大把的时间。

“嗯，行啊。”我说。

临近中午的咖啡店很冷清，我们面对面坐下来喝咖啡。对我来说，他是一个本应只存在于故事中的属于过去的人物，我根本没想到会发生这样的事，感觉很奇特。我仔细地重新审视他，发现和过去大不一样了，双眼黯淡无光，和那白色马球衫以及光滑的面庞给人的印象很不协调。这是我第一次见到他时不曾有的感觉。

“乙彦，你变了很多啊。”

“是吗?”

“看上去像年龄大了许多，其实你只比我大两岁，你的事我都知道呢。”

“那么，你今年二十二?”

“是呀。”

“这么说来，那时你还是高中生吧。”

“是的。”

“五年……自己一点也不觉得岁数大了多少，大概是去了国外的缘故吧。”

“什么地方?”

“波士顿。四月份刚回来。”

难怪在他身上有那么一种朦胧的封闭倾向，这种倾向是历经命运压迫却仍要拼命保持自尊的人所特有的，这是我以前见到他时不曾有过的感触。

“你一直住在日本吧。”

“嗯，在横滨的祖父母家。”

“你父亲一去世就去了那儿么?”

“是啊，我们很小的时候父亲就已经不在家住了，但他的户口没迁走。后来祖父母感到寂寞，就把我们叫了去。”

“那时你多大?”

“十四岁吧。父亲的死似乎对母亲打击很大，我们就莫名其妙地像大人似的劝母亲出去旅行，于是大家就在外面四处转了一圈，回来后却不知道以后该怎么办。正在这个时候，祖父母问我们是否愿意回日本。当时母亲很犹豫，但我们都劝她去。祖父母对母亲的将来……也就是是否再婚之类很宽容，而且他们认为我们三个人一起生活母亲会承担不起。那时候，尽管我们不愿意离开已经住惯了的国家，但还是装出想去的样子，挺不容易的。”

“这个我理解，我们家也是这样，父母离婚后，我们姐妹俩和母亲三个人一起生活。”

“那样待在一起是不健全的呀。”

“就是，父亲离开后的存在感还是很强。”

“就没有一点精神紧张方面的问题吗?”

“有啊。”我说，“有一段时间，我失声了。”

“因为这个么？”他很感兴趣地问。

“好像是吧，毫无理由地不能说话，又毫无理由地恢复过来。”

“在你幼小的心中一定存在激烈的冲突。”他说。

是啊，父亲离家后的第三个月，仿佛为了使精神紧张的母亲不受伤害，我突然变得说不出话来。

那是一个大雪纷飞的日子。放学后我在外面玩得太野，到了晚上便发起高烧。昏睡了好几天，没去上学。身上痛，喉咙也肿胀起来。

我发着烧，迷迷糊糊地躺着，听到母亲和姐姐正在说话。

“……怎么这样想？”母亲的声音。

“不知道，可我就是这样想的。”姐姐说。

“你说风美发不出声了？”母亲说，声音中明显带着歇斯底里的味道。

“嗯，我觉得是。”姐姐淡淡地回答。

姐姐的感觉一直很灵。比如谁来的电话，天气变好还是变坏，这类事姐姐总能猜得准，那种时候她总是超乎寻常地从容，像个大人似的。

“这话可不能在风美面前说。”母亲似乎有点害怕。

“嗯。”姐姐回答。

是吗？不能出声了？我想，心里出奇地冷静。我试着用干涩的喉咙发声，然而连沙哑的声音都发不出。

冰袋将我的视野遮去了一半，我转动脖子，看了看窗外。晚霞将云彩染成粉红，那鲜艳的颜色一层一层地延续到西边的天空。一时间，我发着烧的大脑竟分不清自己是身处现实还是梦境了。

父亲不在了，他在外面又有了家。

每天晚上学习英语。

大雪纷飞，校园一片洁白，回家的路上我发烧了，路灯看上去朦朦胧胧的。

……唉，所谓祸不单行就是那么回事吧，我怔怔地想。

事实上，感冒治好后我还是不能说话。母亲和姐姐待我小心翼翼，医生自然暗示这里面有精神方面的问题。从医院回来的路上，母亲的眼里噙着泪花。

大家都很不安，我似乎也被无法主宰自己身体的恐惧包围着。

然而母亲却劝慰我不要在意，她的达观态度使心烦气躁的我渐渐恢复了平静。我办了休学，白天待在家里，早晚出去散散步。

口不能言的自己正在逐渐丧失语言。

不能说话之后，大概有两天时间，我的思考还和能说话的时候一模一样。例如，被姐姐踩到脚，我会很清晰地想到“痛”这个词；看电视见到熟悉的地方，我也会用语言想：“呀，这地方就在那儿，改天去玩玩。”

由于发不出声音，我的感觉发生了微妙的变

化，能看到语言背后隐含的丰富的色彩了。姐姐的语言是亲切的，她和我说话时似乎隐在明亮的粉红色光中；而母亲教我们英语时的语言和目光则是沉静的金色；走在路边，用手抚摸小猫，一种喜悦流经手掌传向身体，那喜悦是棣棠花的颜色。

有了这样的感觉，语言所拥有的强烈的限定性便似乎有了不由分说的力量。

我想是因为年幼，才可以用身体感知语言吧。从那时起，我对从表达的制约中逃离而去的语言产生了浓厚的兴趣，它是可以同时包含瞬间和永恒的工具。

而复原也是突如其来的。

那天下着雨，姐姐已经放学回家，我和她钻进被炉里等母亲，我躺着，怔怔地望着正在看杂志的姐姐，她哗啦哗啦地翻着书，发出有规则的声音，仿佛来自落下的水滴。隔着雨声，我能听到邻居家电视的声响。窗玻璃上蒙着一层蒸汽，屋里很暖和，甚至有点热。

母亲很快就会回来，她每天都是这样，两手提着装得满满的超市袋子，一脸疲惫。早晨剩下的酱汤、做好的家常菜、母亲自制的沙拉，还有水果。母亲在浓浓的香味中忙碌着，准备停当后喊我们吃饭，吃完饭学英语，看电视，洗澡，道声晚安后休息。正在我有点睡意的时候，我知道母亲回来了，听到拖鞋的声音，她走进了隔壁卧室。

这是种暖融融的幸福。虽然只有三个人，我们还是感到一种拥有很多的踏实感。

这时，姐姐说："风美，在睡吗？"

"嗯嗯。"我回答。

发声过程没有任何特别，只是声音仿佛隔得很远，令人害怕，音色却熟悉而亲切。

"风美，你说话啦？"姐姐惊讶地问。

"好像是吧。"我半信半疑地回答。

"一直会说么？"

"嗯，只是发不出声。"

"感觉怎样？很难受吧。"

“嗯嗯，好像渐渐明白了很多事。”

记得当时我们故意你一言我一语地说了不少，仿佛为了证明我可以说话了似的。

“现在想起来，我们家好不容易脱离类似白夜的状态是在我恢复说话以后。”我说。

“我们家的情形也一样，我逃过学，装出还在上学的样子，谎报年龄找活干。”乙彦说。

“事情败露引起争执时，我才觉得第一次真正和祖父母融合到了一起。”

“是啊，”我说，“感觉真是很特别呢，就像是故事里的人物。”

“我？”

“嗯，好像在一个三维空间里再次重逢。”我笑着说。

乙彦有点犹豫似的问：“庄司是自杀吗？”

“是啊，就在翻译那小说的时候。”

“当时你们在交往？”

“嗯。”

“是这样啊。”

“可是，他的自杀并不是因为你们给了他那个第九十八篇小说哦。”

“他这么说过?”

他似乎觉得不可思议。

“是啊，他说那篇小说是从高濑先生的遗属那里得来的，他正积极努力把它收进书里在日本出版。”

“是吗，挺遗憾的。”

他似乎有所隐瞒，但我没有再问。即使再知道些什么，逝去的人也不能复生了。

“现在谁也不想出版它了。”我笑起来。

“它具有诅咒的力量。”

“是啊，企图把它译成日语的三个人都死掉了。你知道吗?”

“知道，开始是一位大学教授和帮他译初稿的女学生，然后是庄司，他们都自杀了，为什么?”

“大概缘自和日语的结合吧。姐姐还在研究这个问题，而我倒认为应该把那本书忘掉，和逝去的人一样。这不是偶然事件，被那本书吸引的人，想翻译它的人，他们心中隐藏着同样的自杀愿望，而那本书把他们的愿望唤醒了。”

“真可怕。”

“你喜欢那本书吗?”他问。

“嗯，很吸引人。”

那本书我也读过多次，每一次读，都能感到一股浓烈炽热的液体在体内汩汩升起，仿佛有一个独立的宇宙进入我的身体，并且在我心中有了生命。庄司死后我也曾经尝试翻译它。也许是时机不对，总觉得有点恐怖。当我把那英文转化成日文的时候，黑色的气息便骤然升起，在我头脑中徘徊不去，感觉仿佛穿着衣服挣扎在波涛里，潮湿的衣服紧贴着身体。所幸我只是个冒冒失失的高中生，遇到这种情形便停了下来。我想，能够停下来，这多半说明我的心智还是健全的吧。

如果把那时的感受描述成一幅风景，它可以是一片摇曳着银色芒草的无垠原野，也可以是布满蓝色珊瑚的深海，那里有来来往往的各色各样的鱼，它们悄然无声，仿佛不是活物，非常寂静。

有那样的世界存在于头脑中想必不会活得长久，我望着眼前的乙彦，揣摩着他父亲精神上的悲哀。

“日语是一种奇怪的语言，”乙彦说，“其实，来到日本后，我感觉自己仿佛活了很长时间，尽管这一点和我刚才所说的有些矛盾。那语言已经深入骨髓了，我开始意识到父亲是日本人，他的写作是以日语为基础的，所以将他的作品译成日语肯定难免有不好的事情发生，父亲对日本怀有强烈的乡愁，从一开始他就应该用日语写作。”

虽然他话中的真意我并没有完全理解，但有些意思同我的想法也许离得很近。

“你想当小说家吗?”我问。

“现在没考虑，过去想过。”

“你认为第九十八篇怎样？”我又问。

“怎么？”他很不解似的反问我。

“那好像是一篇父女相恋的故事，你不认为实际上你父亲爱着你姐姐吗？”

“嗯，我同意，”他果断地回答，“虽然我们见面不多，但那个人的精神的确不正常。”

第九十八篇小说是这样的：离婚、独居、生活一团糟的主人公在郊外一家俱乐部与一位未成年的姑娘堕入情网，几度亲密接触之后，他发现那姑娘是自己的女儿，可是姑娘的魅力已经让他无力自拔。

“这并不单单是一种眷恋爱慕少女的情结，”我说，“小说的后面部分不是还有强烈的幻想描写吗，那也许是药和酒的作用吧。那种对少女之美的表现超越常人，简直像柯南·德尔的哥哥笔下描绘出的美人鱼，我非常喜欢呢。”

他点点头，似乎有些羞涩，又有些得意，我看他还是为他的父亲感到骄傲的。

“真想把它发表出来。”

“唉，就是姐姐，她一定会发表的，她有那个想法。”

“你也有这篇小说吗？”他又问。

“嗯，是庄司留给我的。”

“小心哦，有人想要呢。”

“是你姐姐？”“小心”这个词有一种奇妙的含意，很令我惊讶。

“不是，她想要的话会直接找你要复印件，我说的是另一个狂热的人，她自己已经有了那篇小说，但只要与之有关的东西她都想要。”

“你们认识？”

“是个女的，以前一直跟我结伴旅行来着。我们是一起回国的，她好像也知道你。”

“你和那狂热者关系不一般吧？”我笑起来。

“嗯，很难抗拒那种率真的热情。”他也笑起来。

“一定也恋着你父亲的，那个人。”

“这也很有意思呀。”

“你这个人也很怪。”

“你也是，我有一种奇怪的感觉，好像我们认识很久了。”

“一见如故呀。”

“是啊，你一定有段时间专门琢磨过那小说，我们的共同点很多，所以谈得来。”

“现在我还在不时琢磨它。”我说。

“我也是，好像每天都想它，整个身心沉浸在小说里，像受到了诅咒一样。”

他好像在自言自语，但这句话却印在了我的心里。

我们相约以后再见面，交换了姓名地址后道别。

直到现在我还时常想起庄司。

我是上高中时喜欢上他的，着了魔似的被他的一切所吸引，每天我们一起出门，一起回家，一起搞翻译，他和我在一起似乎很快乐，这是真的。

然而，我无法缓解他内心深处在与我相遇之前便因种种人生物事的纠缠而不断滋长着的疲惫，也没有真正理解他人格中相当广阔的部分，还有那些在我眼中幻化成魅力的忧郁而沉闷的东西。我们相遇时，我是一只蝴蝶飞进了他的心，那里面像一间没有灯光的黑屋，即使我给它带去了慰藉，也只是闪烁在黑暗中即将消逝的白昼的光影，我只不过使它变得更加混乱了而已。

所以，每当他在我梦中出现，他总还是过去的他，我却变成了现在的我。我想，这多半是因为现在的我也许多多少少可以和他共享那些辉煌以外的东西和快乐宁静的时光了。虽然事实上现在的我或许依然做不到这一点，但是我很后悔。在我心中的某个地方，我是希望以现在的我去面对他的。也许我太看重自己的价值了。

听人说，自杀者的灵魂不能上天堂，他们的时间永远停止在最痛苦的时刻。每当听到这样的话，我简直要发疯了，胡说，我在心里这样说。这时首先浮现在我眼前的是他那无力的笑，对我而言，那样的笑是谁也无法取代的。

庄司死去那天的早晨，我在他的房间里。

梦中，我看到夏日耀眼的阳光从窗帘后面照射到房间里来。那恰恰也是一个盛夏前晴朗的早晨，就像今天这样。

早晨总是庄司起得早。为了去学校，我不得不八点醒来，这时庄司大抵已坐在文字处理机前了。我喜欢那单调的打字声和渐渐清晰的背影，这些使我想起年幼时母亲的背影。比我年长十七岁的庄司总是很平静，他把正处在青春期的我所有的能量都中和成了平和的东西，和他在一起我很安静，连谈笑都是安静的。就算我要迟到了，他也并不强行把我叫起。即使我就这样一直睡着不去上学，他也不会撵我出门。他就是这样的人。

然而，那天早晨却不同。

关掉闹钟往旁边一看，庄司还在睡，他面色苍白，眼窝深陷，呼吸微弱，脸上毫无生气。

望着他，十八岁的我顿生怜惜，心中隐隐作痛，我轻轻为他拉拉毛毯，爬下床。换上制服，喝了杯牛奶。

这是一个静谧的早晨。

隐隐觉得房间里有一种异样的空气。

手表不知道忘在哪里了，没找到，我决定先借庄司的用着，他的就放在桌上。戴上手表，只觉得沉甸甸的，黑色的玻璃表盘闪着寒光。不知为什么，我很消沉，宛如一个想家的人待在人家的屋里，心中没着没落。

是的，那天早晨不论是房内还是外面都很安静，庄司躺在窗边的床上，我仿佛听得到他的呼吸，不由得每一个动作都僵硬起来，我很郁闷，桌上放着文字处理机和打印出来的第九十八篇译稿，伸手拿起译稿看了看，连一半都没有完成。没道理呀，我记得前不久他说已经完成了。不过前天他脸色阴沉，说怎么译都觉得有地方不对劲儿。我想，大概他又重译了，从头开始。我知道有两个人自杀了。

打了个寒战。

翻开笔记本，给他写信。

“快点译完，我们去海边玩吧，像以前那样，早上赶第一拨去，换上泳装，一直躺在沙滩上，畅快地聊天，我期待着。手表借来一用。很快就来还你。”

就是这么一封信。当读起它时，我突然想，假若能马上重温我们共同感受过的大海的味道和波涛的声音，那该多好啊，于是去海边的心情更加迫切，打心眼里希望他快点结束工作，我忌妒，但更害怕，仿佛写这封信就是为了把某种看不见的黑暗之物投给我的敌人。

我想起两人热恋时见过的一切，微暖的夜的触感，他送我时在朝霞辉映的路上从出租车里睡意蒙眬中看到的橘红色街市之美，还有泪水，灼热的手掌，所有这些事物浓烈的味道。我拼命地想着，宛若一个恋情走到尽头被抛弃的女人。

因为不放心，我大白天从校园边上的电话亭打去电话。

“喂?”庄司的声音精神十足。

我放下心来。

“在学校呢。”我说。

正是午休时间，身后满是高中生们近乎歇斯底里的喧闹，加上又是清扫游泳池的时候，值日生伴着水声在大声叫嚷着。

“挺吵的吧。”我笑起来。

“简直是刺耳，”庄司说。

“便当吃了？”

“在外过的夜，只好在学校食堂吃啦。”我笑道。

“你呀，真是个高中生。”

话里似乎有些羡慕。

“谢谢你的信。”

“就这两三天里，我们去吧。”

“嗯。”

喧闹充斥着校园，占据了所有空间，学生们尽情地玩耍，仿佛要在这三十分钟里享尽一天的自由。那欢声笑语清脆响亮，蕴含着爆发性的能量。抬头仰望，远方是夏日湛蓝的天空。这是一个街市上流溢着光和影的炫目的下午。

“回头见。”

“再见。”

挂断电话，那就是我们最后的联系。

那时，电话线的两端就是我和庄司相隔的距离。它比天堂和地狱更遥远，更复杂。无论我们多么相爱，我们都绝不能再传情达意了，我们放弃努力，相通无术，无法相互接受，也无法相互理解。

即使是恋人，这种事也有可能发生，这一点我有所耳闻。然而当时的我还是无法明白如此虚幻无常的事竟然果真在现实中发生了，我觉得那应该像遥远的沙漠中的故事，只会发生在往昔幽远迷茫的悲惨世界，而现在，这种残酷的故事是决不会再有的，我原以为，只有自己是生活在那乐土之上的人。

和乙彦邂逅两三天后的一个傍晚，我正准备下班回家。忽然听到办公室门口像是有人在找我，大声叫着我的名字："加纳小姐在吗?"

"在，我就是。"我应着走上前，看到一个女人，顿时眼前一亮。啊，我想起来了。

"我是高濑咲，"她笑道，"听弟弟说你在这儿工作，很是惊讶。"

和弟弟相比，这位姐姐似乎比过去有活力得多，成熟女人的侧影、花儿似的笑脸，虽然也透着亲切，但和当初我们见面时相比，她更有女性魅力，更加光彩照人了。

"虽说好久不见，但我们其实还没有聊过呢。"

我说。

“可是，我记得你呀，很怀念的。下班了么？去吃饭怎样？如果你没有安排的话。”

我点点头，“走吧，我也想和你聊聊呢。”

她没有回答，只是又微微一笑，那笑容一下子把我迷住，让我觉得她的心被清水荡涤过似的。

出了校舍，我们横穿庭院向学校后面的一家西餐厅走去。此时白天的暑热正被渐渐吸进那透明的蓝天中。

“傍晚的天空已经是夏天的模样了。”咲说。

“是啊，你的心绪能保持清凉么？不然的话，这里的夏天可是地狱啊。”

她笑起来，“就是不能呀，所以才找各种理由泡在图书馆。”

和她的名字一样，咲是个花一样的人，身上充满了柔美明朗的气息，我可以感觉到她是一个乐观的人，即使被风吹得摇摇摆摆，她也会睁大眼睛对人生充满乐观的期待。

店里满是学生，拥挤嘈杂。夕阳透过一扇大窗照进来，喧闹的店堂被染成橘红色。我要了汤和面包，咲要了三明治，两人喝着半瓶装的白葡萄酒，各吃了半份蟹肉沙拉。

两人边吃边聊，很快熟悉起来，好像原本就是朋友，心情完全放松下来，话题也多了。

“一个人住吗?”我问。

“弟弟从波士顿回来后和我住在一起，在横滨上班不方便，不过到了周末我就回横滨看望祖父母，陪母亲上街购物，独生女不容易呀。”

“你母亲不寂寞吗？你们俩都住在这里。”

“是啊，一般来说，丈夫死后是不和公婆一起住的，况且她的国籍还不一样，可是母亲本来就不爱抛头露面，祖父母他们也不知从什么时候起换了个人似的改变了坏脾气，变得令人难以置信地和善，他们相处得很好，奇怪。”

“那可不，在你们的故事中，这是最不可思

议的。”

“父亲在时，母亲经历了太多，所以她也变成了一个通达淡泊的人。你怎么样，也一个人生活?”

“是啊，姐姐三年前嫁到了英国，从那时起我们家人就四下分散了，不过还算圆满。父亲没有离婚，母亲两年前也重建了家庭，住在世田谷。所以我从读大学时起就一个人住。”

“是吗，在这附近?”

“嗯，F町。”

“我们离得不远呀，怎么现在才遇到呢。”

“可不是嘛。”我点点头。

“不过你总算认出了乙彦。”

“假如人多恐怕还是认不出的，当时那坡道上没有其他人，所以也是一种上天安排似的迎面相遇啊。”

“我们也清楚地记得你呢。怎么回事呢? 其实只是匆匆一见呀。”

“是不是因为我盯着你瞧了老半天?”我笑

起来。

“户田先生去世时，我最先想到的就是你的面容。”

我点点头道：“我连葬礼都没有参加，而且不仅如此。你能明白吗?”

“明白，是打击太大吧。”咲说。

“为什么要自杀呢，这个你研究过吗?”我问。

“……这个么，大概是想翻译那本书的缘故吧，”她说，“结果就受到已经自杀了的父亲的影响，这也可以看作是一种形式的遗传，于是相关的人也选择了死亡，确实很可怕，所以有时觉得也许只有我才能做好这件事，我想先弄清事情的前因后果，有了很好的了解后再入手，这样一来，我又有了另外的兴趣，开始学习心理学了，想做的事多着呢。”

“好呀，我也想看到那本书的完整版在日本出版呢，译初稿的话我随时可以帮忙，庄司做翻译时也干过。我已经活过来了，可以放心。”我笑着说。

“就像毒药和爆炸物品一样的故事啊。”

“对我们而言也许是这样的。”

她使劲点头。

走出店来，心里有一种说不出的愉悦，觉得愉快的夏天就要到了。站在残留着热气的马路上，我说：“改天再一起吃午饭吧。”

“嗯，还有好多话要和你谈呢，愉快的夏天就要到了。”

她笑着注视着我，莫非我们之间有心灵感应？

挥挥手，我们像老朋友似的告别。

告别后，我发现她没怎么讲她弟弟，也许到了这个年龄这很正常，然而想到那次聚会上他们亲密交谈、相视而笑的样子，还是惋惜不已。

相遇是快乐的，尤其是在这样一个初夏。那种像转校生一般突然来临的美妙感觉，性情相投的人，一见如故的交流，又比邻而居，对我这样一个没有度假计划、没有亲密恋人的人来说，这就像一份备好的大餐。

然而兴奋的背后还有蹊跷。

姐姐的电话。

似乎隐藏着什么并以此为强大支柱的咲。

对第九十八篇小说的由来含糊其辞并同一个女高濑迷共同生活在国外的乙彦。

打进研究室的沉默电话。

我不是怀疑他们，只是感觉还会有事情发生，我不觉得那事只是和亲切的人们重续旧谊，也不认为这个夏天会平平静静地过去，是什么呢？我时常怔怔地推测。

宛如侦探。

还有什么东西隐藏着吗？

显然无法知晓，只是不知为什么，每当想到这些，我的脑海里总是浮现出那第九十八篇小说中的场面，虽然只是一种直觉，但我觉得或许它们之间有些联系。

那个和亲生女儿存在暧昧关系的堕落的男人，女儿那如远方海啸般的细语，人鱼尾巴般在月色下闪闪发光的纤细的脚踝。

是咲么？

我不知道，这种时候只能等待，即使有什么东西不期而至，也只能在等待中祈祷它朝着理想的方向发展。

自从庄司死去以后，我就用这种方式思考问题了。

因同校而产生友谊，我和咲渐渐变得总是待在一起。暑期近了，学生们迎来考试期，校园里的人突然开始多起来。

这一天，我们俩又在学校里一起用餐。

咲边喝咖啡边问我："每年到了这个时候我就想，呀，这里就是大学啊，你会这样想吗？"

"是啊，"我喝着橙汁道，"一临近考试人就多了，气氛也愉快起来。"

"喜欢夏天？"

"喜欢得要命，总在想夏天的事。"

"是恋爱的事吧。"

"你呢？"

“我喜欢春天，但你的心情我也理解，即使在你旁边我也能感觉到你急不可待的情绪。”

“这么说我的期待还有暴力性哩。”我笑起来。

“乙彦君怎样了?”我突然问。

“怎么啦?”咲反问我。

“那次相遇后一直没见到他。”

咲摇摇头：“他老泡在女人那里。”

“嗯嗯，他说过，他们一起旅行来着。”我说。

“是的，具体怎样我也不知道，反正现在比旅行前闹得厉害。”

“她人不好么?”

“关系很僵，左看右看都在恶化中。”

“他很迷恋那女孩呀。”

这就是女人吧，我有点寂寞地想。和乙彦交谈的时候，感觉他们是快乐的。

“弟弟的爱情经历，由他去了……下次再和你细聊。”

“只要性情相投就好。走吧，晌午要过去了。”

走出店门，外面真是一片生机，强烈的阳光、明亮的柏油路、静谧浓密的绿荫。

“这样的时候，心情很亢奋吧。”咲冲着正深呼吸的我说。

她的笑脸像一朵很大的向日葵在阳光下灿烂夺目，这美丽的笑脸让我眯住了眼睛。

夏天到了。

临近暑假，脑子里尽想着放假有了时间后的各种计划，而这种时候，每天便开始有各种人找我做翻译了，那都是一些不宜张扬的帮忙，是一种“草译的草译”似的东西，看来讲师们也在暑假里忙着找活儿挣钱。我接下来的活儿有完成的期限，像暑期作业一样。

于是我每天去学校翻辞典，忙活到半夜。

一天，是那样一个半夜时分。

下着大雨，仿佛来了台风一般。外面风雨呼啸，声音很大，有人上楼的脚步声也听不见。

敲门声吓我一跳，正是半夜三点，我战战兢兢透过猫眼向外看，是乙彦。只好打开了门。

“你怎么回事？这种时候来，是要告白么？”我说。

“差不多。”

他似乎醉得不轻，摇摇晃晃的，伞上滴着水，皮鞋湿漉漉的。我暗自有点欣喜，正像戏剧里写的那样。

“和她有什么事了？是吧？”我问。

“不，不是那个。”他说。

“你喝了不少吧？”

“嗯，争论已到了尽头，想喝个痛快。找不到正确答案，想借着酒劲和本人谈谈。”

“本人？我？”

“是。”他点头。

“争论，和咲吗？”

“不。”

“为什么把我挑出来，我只和你正儿八经地说过一次话呀。”

“很难说清。”

“打电话不好么？或者明天再来？”我说。

“对不起。”他低头道歉。

这样酩酊大醉我也常有，所以我知道他没有恶意，我想他一定是有什么事想立即得到答案。

是什么答案呢？我不知道。

“行了，请进来吧。”我说。

“不，就在这里。”他说。

“这样反而让人不踏实。得了，进来吧。”

于是他慢吞吞地脱了鞋，又面色苍白地问我：“对不起，能先用一下洗手间吗？我有点想吐。”

“快去吧，用不着一件件请求。”我慌忙推着似的把他让进洗手间。

来不及惊讶，那呕吐声和冲洗声已经传了出来。我只好在门外等，不久他出来了。

“请给我点水。”他说。

面色更加苍白，眼睛里布满通红的血丝。

“你就跟快不行了似的。”我倒好一杯水递给他，他接过水，咕咚咕咚喝干。

“有这么一个故事。”

“什么?”

“作为答谢，我会给你很多水，在沙漠里，有一把勺子?还有金币。”

他独自嘟嘟哝哝。

“我知道你要说什么，好喝吗?再来一杯?”

“谢谢。”

“坐那边沙发上吧，想睡会儿也行。”

我又递给他一杯水，他默默接过水，又一饮而尽。四周变得很静，但很快那猛烈敲打着什么似的雨声又响起来，雨下得更急了。

“对不起。”他说。

我在地板上坐下道：“休息够了就说吧，要问我什么?”

“马上说，嗯，稍等一下……”

“是不好的事么?”

“我想是……”

他闭上眼，雨声依然很大，风把窗子摇得嘎嘎作响，这恼人的风雨似乎永远也没有结束的时候。

“别睡，怪吓人的。”

我把乙彦摇醒。

“嗯，没睡，先留个副本，为了慎重起见。”他说。

“你说什么?”

“第九十八篇小说呀，就是那男人的遗物。”

“什么呀，讨厌，不要吓我。等等，不要睡啊。”

我又倒一杯水递过去。

“喂，喝口水再说。”我说。

他点点头，喝了一口道：“所以，你本来就不愿再想起他了，是吧？就那个人。”

“那个人？你是说庄司?”

“对，很痛苦是吧？对我父亲的小说也不像以前那样有兴趣了，是吧？认为都是过去的事了，是吧？……你已经和至今仍身处其中的我们不同了，是这样吧?”

“我们?”

“我，咲，还有……”

“还有她。”我说。

“不错，自那以后，我们的时间完全停顿下来，而你却有了种种变化。这期间我们一直身陷其中。”

“也许是这样，不过至少咲并没有令我不快……她是怎样的人我不知道，但对于那小说我并没有忘怀，一直牵挂着，我成了可以和你们谈论这件事的人，当然也包括你。很高兴，真的。”

“你也卷入其中了吧，一直如此，不觉得讨厌吗?我们在你身边来来去去的。”

“如果不是利用我的话。”我说。

“绝对没有，我对天发誓。”

“那不就行了。”

“大家没有出路，心里不安，想从你这儿寻找契机，觉得变化的发生点也许就在你这儿呢。”

“是吗?”

这我完全不知道。

“不留副本会有危险?”我问。

“不，这多半不至于，只是遗物是贵重的东西，要小心。”

“明白了。”我回答。

“可是，怎么会这样呢？庄司已经死了，你父亲也早已过世，是什么使你们如此悲观呢?”

我可没有模仿戏里的台词。

“我没什么，可那女人是妖魔。”他说。

我似乎有点明白了。

“你是说她么?”我问。

“你一定很快会见到她。”乙彦道，“这么一来，你还是多少卷进来了呢，你就是这样的人。”

“事情到了一定程度就会结束的。”我说。

“是啊，等大家都上了年纪，老成持重了，自然就结束了。”

我笑起来：“没关系的，不用想得那么深刻。”

“旅行归来，还是有点累。”

“好像是的。”

雨声使人有点不安。我总觉得自己的确卷进了一件非常敏感的事件中，那感觉是幼时在家中就有过的，是种喉咙被堵住的压迫感。远处雷声轰鸣，窗户玻璃上的雨水透着对面街灯发出的白光哗哗地流着。在这样的夜晚，仿佛连咲的笑脸也变得遥远而无法信赖了。

“不过我很清楚了，你是个好奇心旺盛的人，超出我的想象。”

“百思不如一试呀。”

“嗯，我不会再说什么了，顺其自然吧。”

“能这样想一定好办得多。”我并不太明白他的话，但还是这样说。

沉默，雨声。

呼啸而过的风。

我望着窗外，默默倾听。

“不过，日本真不错。”他说。

“什么？你的话真突然。”

莫非睡着了？我非常惊讶，回头一看，他正用清醒的面容对着我，一点也没有要睡的样子。

“有樱花。”

夏天里谈樱花，他当真醉得这么厉害？

“是啊。”我一面这样想一面应着。

他望着窗外。

“刚回日本时的那个春天老下雨，我一点也不认为日本是个好地方，很抑郁。可是有一回，只有一回，是个下雨的日子，我从出租车中望着樱花被感动了。那天天气阴沉，窗户上也是这样布满水滴，看不清外面，对面是大路边上的绿色金属挡网，再往前才是樱花粉红的色彩，整整一大片。我的视线穿过两道过滤器般模糊的屏障，第一次感悟到——春天里，日本这个樱花盛开的国家的神秘。”

“说得真好。”

“直到现在也没有完全习惯这里的生活。但是人在波士顿的时候，我就是想回来。”

“是啊。”

有着仿佛承受过重压的萎靡消沉的心和潮湿的褐色鬈发，他看上去就像一条小狗或者一位王子，他始终是庄司当年指给我看的对面的那个年轻人。

他呼呼地发着令人烦躁的鼾声睡着了，鼾声和着雨声传来，很吵人，但不知为什么，这吵人的声音却使我感到沁入内心的平静。我为他盖好了毯子。

天要大亮的时候，我困得不行，也钻进被褥睡去，但不多久便被他摇醒。

“对不起。”他说。

“……哪里。”我睡眼惺忪地回答，“招待不周。”

昏暗中睁开眼睛，他正脸色苍白地冲我笑。

“啊，今天出丑了，对不起哦，再见。”

躺在床上，望着他因头痛而歪着脑袋离去的背影，我的感觉宛若还在梦中。门关上了，是否锁好了呢？可我睡意正浓，不愿起来。“奇怪的人。”我这样想着，又闭上了眼睛。

雨住了，真正的夏天似乎终于来临，很突然地，晴热的日子开始了。这以后也没有再下雨，乙彦来过的记忆像梦一样远去。

这就是他出现的方式，也是他离去的方式。

副本依然没有留，也没有对咲提这件事，日子就这样照常流逝。

那天下午，我的情绪很好。因为休息，一觉睡到晌午，起来后洗了衣物，晾晒完毕又在凉台上睡了午觉，然后出门取钱。我身着惹眼的粉红 T 恤和短裤，赤脚蹬一双皮凉鞋。只有在这难得的夏天才能以这样一身明快的装束走到街上。薄薄的尼龙手袋里放着一个钱包。

阳光灿烂，几乎睁不开眼。

只要走在这色彩浓重的蓝天下，那笑意便会溢满脸庞，心中充满喜悦。

三点已过，只有现金业务处还在提供服务。走进去，里面没有人，我开始悄无声息地在这白箱子似的空间里操作。将银行卡静静插进机器，等待语音电脑发出女声提示把钱送出来。也许是注意力太集中，我一点也没有感觉到有人从自动门进来以及门打开时理应听到的盛夏嘈杂的声音。

直到那人站在了我的身后，我才开始感觉异样：这么空荡荡的地方，为什么偏要故意和我站在一起呢?

接下来的一瞬间就像是电影中的枪战情节，一个硬邦邦的东西顶在了我的腋下。

“不要回头。”是一个女人细嫩的嗓音，“把钱递过来。”

从一开始我就不认为是遇到了强盗，只是直觉告诉我，这人头脑不正常。机器的出钞口发出送钱的信号声，我很紧张，轻轻把钱抓在手里。“谢谢，”那机器说。

“什么呀，这是我的手指。”后面的人笑着缩回手。

原来是你呀，咲吗？我差点叫出来，说来奇怪，我真的以为是咲。

然而回头一看，发觉不对。

站在我面前的是一个微笑的陌生人。

于是我更加害怕了，我忘不了初次相见时她凝视我的样子，那双眼睛仿佛要一下子把我洞穿，它们绝对透明，没有丝毫杂质，像遥远夜空中闪烁着的天狼星，又像鸡尾酒杯中流溢着澄澈光彩的干马提尼。

她能明白我的感受吗？我感到恐惧，假若在这样一张大人的脸上长出了一对刚出生的婴儿的瞳孔，那瞳孔里面会映出什么呢？她会产生怎样的想法呢？

是个奇怪的人，没有曾经认识的印象。既不特别美，也不特别可爱。然而有魅力，周身焕发着野兽般的敏感和天生的灵性。

我愣愣地看着她，观察她。

稀少黝黑的长发，纤细的身材，青筋显露的颈，高个儿，大嘴，白衬衫，小而线条优美的胸，短裤下露出结实的腿和意外丰满的脚，赤脚上蹬着黄色的海滨皮凉鞋，红色的指甲油。

好像至少在对夏天的感觉上我们是相同的，因为我们俩的装束很相似。

“打扮得像姐妹呢。”她说。

“您是哪位？”我问。

“我叫箕轮萃。”她报了姓名，又将姓名的读音重复一遍，然后说，“你是加纳风美小姐。”

“对，可是……你是谁？”

“应该认识吧。”

她微笑着，笑里透着亲密，同时伸出纤细的

手，那动作迅速得像《遭遇未知》[1] 中的太空人。

“不认识，不好意思。”我说。

于是她一把抓紧我的右手。

“上车谈吧。”她拽我。

“等等。”

我慌慌张张地意欲摆脱她的手。她的表情很平静，可力量却相当强大，根本摆脱不掉。那手热得让我不舒服。

“对不起，我不认识你，不能跟你去。”

我的语气很坚定，她一下变得畏怯了。

“我们应该是认识的，很早就认识。”她说，这是我近一段时间里经常听到的一句话。

“可是，我没见过你。”我说。

“没听乙彦说过?”她显出怅然若失的样子。

我恍然大悟，原来她是乙彦的……，我正要开口，却听她说：“我和他俩是同父异母的血亲呀。”

---

① 即《第三类接触》，原名 *Close Encounters of the Third Kind*，美国科幻片，斯皮尔伯格导演，1977 年出品。

“啊?”

我深感意外，一时不知说什么好，我终于明白，那对聪明的孪生姐弟只在这件事上对我含糊其辞了。

“这个我不知道。”我说。

“为什么要瞒你呢?”她说，“是因为我和庄司曾经有过来往？还是因为我给了庄司《N·P》的第九十八篇小说，导致了他的死?”

她的最后一个字音总是上扬，声音很甜美。

“要么就是他们认为我不应该和乙彦在一起?”

我终于震惊了。

“这么说，你们之间存在血缘关系?”我说，“你真的也是高濑皿男的孩子么?”

萃点头。

“你说你姓箕轮，你母亲是日本人吗？对不起，我这样问很冒昧。”

“不错，父亲好像喜欢日本女人。母亲生活在那边，已经没有消息了，她是日本人。”

“想和我交谈了吧，我会开车，瞧！”她从口袋里掏出驾驶证给我看，“我没有撒谎呀。”

没撒谎我很清楚，不过她那样子一看就是个喜欢信口开河的人，我不知道是不是应该相信她的驾驶技术。不管怎么说，我还是被她拽到门外，那里停着一辆红色私家车，保险杠向里凹进去了一截儿。

“什么呀，瞧扁得多厉害。”我指着那保险杠说。

“是以前撞的，不是现在。”

她笑着跑到车子跟前。

“请上车吧。”

“下次吧，对不起。”我说。

我想好好考虑一下，我不喜欢就这样被她拽上车。她长长的头发里散发出婴儿般甜甜的香气，那双无助、诱人的大眼睛从松散的刘海下忽闪忽闪地望着我，令我喜欢，也令我害怕。

“那么，至少让我送你回家吧。”

她扭动钥匙，打开门，麻利地坐上驾驶席。

“你从那边上。”她微笑着说。

没办法，我只好上车。

“那么，就在远处那个看得见的大路口处停。”我指点着说。

车里很闷热，透过前方的挡风玻璃只能看到一条白花花的闪着光的路。楼房和行道树亮得耀眼。我们两人都穿着皮凉鞋和短裤，白皙的大腿紧挨着，反射出夏日的光，猛然间，仿佛有了来到海滨的感觉。

“像在海滨呢。”萃说。

我吓了一跳。

她的驾驶技术意外地好。

“这个人倒还挺稳妥的。”我这样想着，但没有说什么，只是做出生气的样子。她握方向盘的时候目光沉着冷静，从这样的目光里，我知道了她也有稳妥的一面。

于是稍稍松了口气，对窗外强烈的阳光和车内并没起多少作用的空调也不怎么介意了。

心情明朗了些。觉得下次和她见见面也未尝不可。

车行到拐角处，我说，“谢谢，改天再……”

她猛地加快车速，“我们去吧。”她说。我的话被打断，那熟悉的路口说话间便被远远抛在了后面。

“请停一下。”我说。

“讨厌，好容易才见到你呢。”她前倾着身子说。

“不要乱说。”我怒气冲冲道。

“嗯嗯。”她摇摇头。

嗯嗯？什么意思？

“你这一套对付别人还行，对我不起作用，”我说，“别弄得跟演戏似的，我不会拐弯抹角。”

说话的当儿，我的家以极快的速度远去了。

“真的么？倒是一点也看不出。”

一下子，我真的沉默了，只好等待，看她下一步怎么干。沉默持续了很长时间，意外的是，她竟也露出了本来的样子。

“只是想跟你聊聊，一直等着这一天呢。不好吗？就聊一会儿。刚才的玩笑也许有点过分，但没伤着你对吧。”

“还说呢。”我笑起来。

“有许多不安，想见见可以倾心交流的人。”她微笑着说。

这时我才感觉到，来见我，其实她也同样紧张，于是终于明白自己是可以和她说说话，一起度过一段时光的，尤其是第一印象不好的时候似乎更应该如此。我终于不再坚持，决定跟她去。

“你这样一说，我才有点明白了，虽然还是有疑惑。”我点头道。

我又默默想了半天，桌上摊着的笔记本、打开的窗、喝了一半的大麦茶、晾晒着的衣物，我有些怀念我那个像“玛丽·希莱斯特号”① 似的房间，也怀念不久前的自己，假若就这样由着她，我不知道什么时候可以回到那里去。

“这么说，你是想要我手上的第九十八篇小说吧，”我问，“你没有吗？”

她摇头。

“想看译文吗？”

她没有回答，问我：“去哪里？海边？”

“现在去哪里都行了，我听你的。”我说。

“那就去池塘吧，像湖一样的池塘。”

她终于开始回答我的问题：“你是说庄司翻译的那东西？嗯，原文当然好，不过翻译成日语的译文也想看看呢。”

“你什么时候和他交往的？”

“放心，是你们在一起很久以前，大约是我来

① 历史上最著名的“幽灵船”之一。1872 年 12 月 5 日，双桅船“玛丽·希莱斯特号”在葡萄牙海域被人发现，尽管这艘船处于良好的运行状态，但船上所有船员和乘客都神秘失踪。

到日本遇到乙彦一段时间以后吧。刚才说过，是我给他介绍了那小说，给了他第九十八篇，并要他译出来。”

“对不起。”萃说。

“不能怪你，不过，我能读到那小说还是因为你呢。”我笑道。

“本来就读得到的。”她说。

“你和乙彦去过波士顿?”我问。

“对，去了两年。”

“现在怎么回来了？那里相当不错啊。”

“我也不知道，我原本是想留下的，但人根本不能真正决定什么呀。”

车里热得憋闷，和外面飞快远去的看似凉爽的景色很不协调。大脑似乎发木了，连思考也迟钝起来。

“冷气太弱。”我说。

把冷气调大，膝盖冷飕飕的。

“波士顿的确令人愉快，”她说，“有点悒郁，很美，是个逃亡的好去处。可我们之间的问题依然如故，这是不言而喻的，而且钱又用光了，怎么办呢？于是他说分手，说要回日本，那么我说，我留下吧……然而还是回来了。”

我问：“一开始你们就知道两个人是姐弟吗？”

“也许我知道。”她回答。

“也许？”

“因为相爱，所以要经常告诫自己并不知道我们是姐弟，结果什么是真什么是假竟弄得不得而知了。听起来像是谎话，但真是这样。早上不是要起床吗？起来就十分困惑。姐弟？这才荒谬吧？总之脑子里都乱成一团了。”

“有这种事？”

来来往往的车流中，我仿佛身处非现实的世界，正在一条河中顺流而下。

“我知道你和庄司好，乙彦说他在聚会上见过你和庄司，还跟我讲了你的情况，所以想见见你。回日本来我原本心情忧郁，但一想到有你，就愉快了一些。”

“……哦。”

“到了。”她说，并将车停在旁边。

这是一个大公园，我没来过，从门口望去，里面林木苍翠，像森林一样幽暗。

“下车吧，我们散散步。”她说。

公园很大，穿过入口附近密集的树丛，突然到了一个明亮开阔的池塘边。我们买了推着自行车卖的冰棍儿，很有怀旧的味道。那大叔从盒子里取出两支冰棍递过来，问，“你们是姐妹俩?”“是呀，”我们笑着回答。然后坐在一条旧的木制长椅上吃起来。

这池塘确实像湖，远处岸上的树丛看上去像山丘，池塘里的水镜子般清澈平静。眼前的碎石道上，孩子们骑着嘎嘎作响的自行车飞驰而过，而垂钓者则安静地散坐在湖边。不远处有个小沙滩，母亲们正带着孩子在那里玩耍，欢闹之声不时传来。

萃抱膝而坐，并没有看池塘，而是望着远方的云。

“可是，为什么你们俩不想在波士顿长住呢？因为日本国籍吗？”

“也有这个因素……嗯，事情发展到一半，究竟是怎么回事很难弄清楚了。”

萃歪着头，像在搜寻往昔的记忆。

“本来，我们远行就是想从姐弟关系的阴影中逃离出来，目的就是转换心情。心想，就我们两个，逃到遥远的地方去吧。我们有的是热情。虽然起初我什么都不懂，但乙彦是受过良好教育的。他告诉我波士顿是个好地方，有大河，可以沿河边散步，泡图书馆，喝酒，去港口看船，做一对极乐的恋人。可是我们心中的压力积聚着，半夜总是醒来，每当被人问起我们是否是夫妻，每当在公园中遇见老年夫妇，我们就很难受，像逃亡者一样避开。开始我们还可以保持快乐，然而渐渐地，即使我使劲握他的手，他也只是用黯淡的眸子注视我了。假若他还能冲我笑，也许一切仍会很好地持续下去，然而他却始终只能如此，给我的感觉是我们的关系比陌生人、比姐弟更疏远了。我们不能正常地继续了。想来以往我根本就没有认真考虑这些问题。我和父亲也上过床的。”

“这么说……”

萃终于将视线转到我的脸上，她理解了我要说的话。

“不错，第九十八篇中的那个人就是我。”

“总算全联系上了。”我问道，“你只喜欢自家人么?”

“并不，至少庄司和我没有血缘关系呀。”

“倒也是。”我点点头。

当逝者的名字从旁人口中说出来，那人总是仿佛融进了眼前的风景。特别是在这样一处野外的地方，当突然听到他的名字，我便觉得眼前的一切：拖着阴影的树丛的沙沙声、雾一般淡淡的夏日的凉气、波光粼粼的水面，所有这些东西上都骤然浮现出庄司的面容。

“这么想来，我和你也算是姐妹了呢。”我笑道。

“如果你和乙彦上了床，那我们就更是姐妹了。”

她也笑起来，话语中有点刻薄的味道。

“目前还不会。”我回答。

我当真不知道，对于那样的事，她是希望还是担心。

“为什么乙彦君对我讲起你的时候觉得你很可怕，像要吃了他似的?”

“我相信两人的相遇如同那些古代的传说，是命运在发挥作用，一定是这样。那个笨蛋不懂。”萃回答。

“什么都没有发生呀。”我说。

“嗯，很安静。”

沉默，听着周围的各种声音：鸟儿的啾啭、孩子的喧闹、远处的铃声。

“读过第九十八篇了吗?”萃问。

“嗯，读了，是篇好小说，尤其是最后的部分。”

“我读到那里也哭了。后来我们很少见面，他变得怪僻，不讨人喜欢，但我想，父亲他肯定是爱我的。他说我们那样相处时，他不知道我是他女儿。他觉得我像母亲，可母亲也出卖过肉体，所以我是不是父亲的孩子还当真无法确定。可是，我的眼睛和他一样吧?”

她又凝视我，我一阵惊悸。那眼睛深得像老井中幽暗的水。

“的确，不过我只见过照片。”我点点头。

“你不想调查一下?”

“想过几次，假若调查结果表明我是个无人知道来历的孩子，那么从第二天起我和乙彦就会突然变成一对没有血缘关系的恋人。只要一想这种情况，那强烈的解放感就要把我压碎，像酒精中毒一样。但顶多不过如此，而糟糕的是假若不是那样呢？那我们就存在血缘关系。只要调查，一切都会水落石出，像艾滋病人一样。人是脆弱的，虽然我生长在恶劣的环境里，看到很多非人性化的东西，但结局总是使我明白人是脆弱的。从某种意义上说，这是不是一种性善之说呢？据我所见，非人性化的努力往往造成不良的影响，像父亲一样，或许，神终究还是存在的吧。”

蓝天的色调浓重得刺眼，是不是他们的恋情必须不知不觉地持续到要说分手的时候？这美丽的颜色多么像一个不经意间述说的故事，它让人觉得那样的事情是有可能发生的。然而，作为一段普通的苦恋，他们恐怕也是几度审视，几度决断，才会一直拖到了今天。

“好像是一段令人疲惫的恋爱史。”

“可不，像打乒乓球一样。”

萃咧开嘴笑起来。糟了，我想我喜欢上她了。不觉之间，我的心动摇了，仿佛我们很早就聊过了不少似的。

“我想，”她说，“我们大家，包括父亲，还是受到了那东西的诅咒啊。”

“你是说那小说？也包括我吗？”我惊讶地问。

“对，那是一种不幸的书信似的牵连，一开始就是那样。”

“心理作用吧。”

“可是，你不觉得和咲，和乙彦，和我都合得来吗？像老朋友一样。”

我点头。

萃静静地看着我，用宛若透过我望向天空的淡淡的表情说：“这种莫名的自我暗示就是人们所说的诅咒，一定。”

我沉默地点头。起风了，水面泛起涟漪，仿佛回应着她那绝望的冷静。

这两个人，弄不好要闹出殉情的事儿来，我突然想。

这似乎是可以肯定的，假若就这样发展下去，大概总免不了那样吧。我没有把这话说出来，只是想，如果自己是为了确认这一点才同他们相知，那可不是我所乐见的。

“回去吧。”萃说，站起身。

“嗯。”

我挠着被蚊虫叮咬而发痒的脚，跟在萃身后。她有些恼怒似的迈动步子，那背影给我一种宠物狗般既傲慢又脆弱的印象。

返程路上，在车里，我忽然想起来，便问：“你给我们研究室打过一次电话吗？”

萃手握方向盘，点点头。

“怎么我去接时又挂了？”我问。

她微笑道：“我只想确认你是否真的在这个城市，在这个世上。而一旦听到你的声音我又紧张，就挂了，嘿嘿。”

她有些不好意思。

归途总是有点无趣，有点寂寞。当成排的白色房屋和暮色渐浓的天空被我们抛在后面时，我似乎深切地明白她的意思了。

我说："我也觉得你们都奇怪呢。本来是在书里的，现在却跑出来喋喋不休，好像我也要被你们弄到书里去了。"

"危险的征兆呀。"她笑道。

我们在十字路口分手，那里原是我早该下车的地方。"再见。"见我下了车，她说，旋即一溜烟地开车离去。我有点失望，心想这样告别太平静了。然而待我头也不回地走到胡同口时，又听到了喇叭声。

回过头，看到那车已经拐了一个 U 字形的弯，正行进在马路对面的红绿灯处。萃摇下车窗，笑着冲我挥手。

通红的天空下，那笑脸像南国的水果。

我们是初次见面。

感觉却如同故交。

仿佛从小就在一起，一直相伴，无话不谈。

进了胡同，抬头望天，一弯细细的月牙儿悬在傍晚的天空。我想起他们三个。

我像孩子似的为他们祈祷，只希望他们不要闹出殉情的事来。

“这么说的话，我见到了那个叫萃的人，而且成了好朋友呢。”

话音一落，咲“啊?”了一声，之后便沉默不语。

“怎么会这样。”过了一会儿，她说。

午休后的片刻，正是我们在研究室偷闲的时候。我苦笑着站起来，从冰箱里拿出大麦茶又倒了一杯。咲正在无可奈何地微笑，她穿一件黄色连体无袖衫坐在教授的椅子上，脚搁在书桌上。对我来说，她这副样子已经开始让我觉得习惯又亲切。和她初见时，研究室的窗外还是一片梅雨的景象，现在却已是盛夏了。暑假的校园人很少，隔壁高中的游泳池那边飘来欢笑声和戏水声。冷气开得不大，声音却很讨厌，令我烦躁。我晃动杯中的冰块，喝着大麦茶。

“可是，怎么和她成了好朋友呢？”咲道，“和她在一起挺累的。”

“虽然累，但有意思。”我回答。

“听到些什么？”

“姐弟、近亲乱伦、波士顿、回国。”我笑道。

“什么呀，这不是全部。”她咯咯笑起来，白皙的肩膀摇晃着，像向日葵一般。

“她当然不是隐瞒，只是和你我没关系，又不是什么愉快的事。”

“明白了。”我问，“你和她关系不好吗？”

“说不好的话么，那是母亲。母亲极不喜欢她，我和她也没有亲密交谈过。假若我们可以像好朋友那样交流，是不是有点不对劲？”

“也许吧。”

“我见过几次那孩子的母亲，为钱之类的事。”

“小时候?”

“对，乙彦似乎是大了以后才知道这一连串事的，所以才发生了那样的事，哈哈。”她笑起来。

“好像老在自家人中打转，不难为情吗?”

“不怎么好。不过，我能理解那种心情。我对事物的观察可是相当细致入微的。我时常想，假若由着我去，我一定会在这里生活一辈子，过千篇一律的生活，对事物抱一成不变的想法，生命中登场人物屈指可数也无所谓。还欠缺一些东西，例如对世人的同情、冒险精神和好奇心等，因此我并不认为他们与我无关。”

“这是安慰吗?”

“你半道出现，不会懂的。”

我笑了。

“那么，萃的母亲，她是怎样的人?”

“无可救药的人，真的。很早以前，那孩子就好像离开她母亲一个人过了，遇到父亲那会儿，她母亲好像已经断了消息。有好几回，萃找我母亲要钱，只听到酒精中毒、梅毒这样的话，和她是姐弟之类的事情都是在乙彦和那孩子恋爱之后才知道的。一下慌了神，可又不能对母亲说，没办法，恋情已经无法制止了。”

咲说，我就点着头听。

“你真那样认为吗?”

“什么?”她睁大眼睛望着我。

“恋爱是没有办法的事情?”

“嗯。”咲点头。

“没有生理上的厌恶感?”

“没有。如果……唉，这样说真不舒服，如果是从小就在一起的我和乙彦，那一定会厌恶之极，可他们从未见过面，包括我也是一样，对乙彦和父亲有种特别的感情。小时候被抛弃，伤痛懊恼，又沉迷于作品之中，凡此种种。我也能多少理解父亲的心情。第九十八篇小说不是很好吗？超现实的手法，浪漫的情调，不是棒极了吗？假若把那小说以及萃和父亲的面容全部重叠在一起，那就是爱情呀。”

“真没想到。”我说。

“是个洁癖更严重的人，有这么个印象。”

“我？”

“对。”

“所以说，人不交往就不知道，不是吗？”

咲笑道：“你是说，要从别人那里感受意外？”

“正是。”我笑起来。

“只是，很害怕。”咲说。

“怕他们殉情。”

果然想到一起了，我使劲点头。

“你这样想么？”她问。

“是啊，我觉得他俩有死的念头。假若再往前走一步，走得更接近终点，采取这种方式的可能性就会高起来，这只是我的感觉。”

“现在还不至于吧……”咲小声道。

“瞧瞧，我们俩在这空旷的房间里说话，声音特别响不是？像在商谈机密呢。”

“就当是机密吧。”我笑道。

“没什么大不了的。好了，吃饭去吧。”

“嗯。”

我们站起来，离开房间。

踏进校园，太阳光像闪光灯一样，耀眼的光芒倾泻而下，眼前一阵眩晕之后，那日常的夏日景色才终于显现出来。无人的操场上弥漫着青草的气息，风带来隔壁高中的喧闹，有练棒球的叫嚷声、金属球棒清脆的击球声、掌声和欢闹声。

“多舒服的风啊。”咲说。

看着她那被风吹拂着的宽阔的额头，我不禁觉得不可思议。假若用语言表述，那感觉应该是：

“上月尚陌路，而今成友人，恍若已相知，实则异乡生。”

不过，这里饱含着更多的类似惊讶和难过的微妙感慨。

校舍的楼宇间有一块四四方方的天空，抬头望去，风轻云淡，月色朦胧。

那是一种真切的美，除了我们之外，在这里，在此时，没有人领略到这样的美景。

我这样想着，慢慢踱过操场。

这天下起了大雨，这是好久没有的事了，我不由想起上次下雨时乙彦的造访。傍晚时分开始打雷，狂风大作，像来了台风一般。

我待在屋内，听着雨水哗哗冲刷人行道的声音。闪电不时照亮天空，虽然还不到五点钟，世界却仿佛笼罩在夜色之中。

译完的初稿必须今天拿出去复印，但这雨却使我很为难。懒懒地收拾着桌上的笔记本，忽然想把庄司的译稿也复印出来，这并非仅仅因为乙彦曾经对我这样说过，而是自己也觉得有此必要，也许有一天，我会将这篇译文呈现在萃和咲的面前。

于是，我将两册笔记——自己的译稿和庄司留下的译稿放进一个尼龙袋里，这样它们就不会被雨水打湿了。穿好雨衣，走出房门。

雨下得很急，我跑进附近一家有复印机的便利店，将湿淋淋的雨伞放在旁边，开始复印。

店里过亮的灯光、屋外漆黑的天空、潮湿的马路、斑斓的车前灯。复印机发出的绿光在我脸上来来回回移动。每当有人走进店门就可以听到“欢迎光临”的招呼声，与此同时，屋外风雨的喧嚣也随之涌进来。潮湿的地板被荧光灯照得雪白通亮。

我印得很专心，精神高度集中，所以当复印结束时，感到完成一件工作后的轻松。去收银处结了账，将雪白的纸卷放进尼龙袋，走出店门。

雨小了些，西边的天空露出微弱的橘红色，楼宇构成的“峡谷”上现出一抹晚照。

我盘算着喝杯茶再回家，也就在这时候，身后传来急促的脚步声，那声音由远及近逼过来。紧接着后脑勺被什么东西打了一下，“咚”的一声响，我没有觉得太疼，只是惊骇不已，人也跪倒在地上。旁边掉下一件东西，是超市里常见的装乌龙茶的塑料瓶。

我蹲在地上，回过头来，一双眼熟的洁白而性感的脚正立在潮湿的人行道上。我沿着那脚抬起头。

“干什么?”

我好容易镇定下来，可以用沉着的声音发问了。

“不痛吧。想什么呢?”

是萃。

她的样子很奇怪，面颊苍白，神情紧张，还带一点怅然若失。

“瞧你干的好事，都打湿了，瞧瞧。”

我打开包，慢慢站起来。当两人的脸距离很近时，萃哭起来，是一种爆发式的哭泣，像婴儿似的扯着大嗓门，尽管我们只是第二次见面。

路上的人都愣愣地打量我们，我很尴尬，慌忙拉她来到近旁一个车库的屋檐下。雨声突然被幽暗的水泥墙遮挡住，取而代之，萃的哭声一下子充满了这个四方的空间。空气中弥漫着潮湿的车的气息，站在这样的地方，我就像是一个母亲正面对脾气暴躁的孩子，心里充满了无奈和憋屈。我被她打了，反倒是她在哭。

“究竟怎么了?”我问。

“你不相信人，留副本，撒谎!”她怒气冲冲地说。

我愕然，“嗯?”我表示疑惑。

“是怕我偷吧?”她带着鼻音道。

“误会了……”

话音未落，我便发现自己是在辩解，如此轻易地为自己辩解让我觉得陷入了麻烦。

“我复印自己的东西难道还用你说三道四吗?”我说。

“还说是朋友呢。”这次她很激动，脸涨得通红，用尽全身气力。

“我没说！”

我喊起来。在小小的车库里，我的嗓门大得惊人，饱含着一种强行要求相隔很远的他人理解的力量。这一瞬间，萃震惊了，望着她那不安的模样，我沉思起来。是朋友这样的话，那天也许说过，即使没有说，那眼神，那笑脸，对她来说也许就是证据。

我从包里慢慢拿出庄司译稿的复印件，递给她。她怔怔地接下，想说些什么，在话语即将出口的一瞬间，她的表情新鲜而生动。

然而，就在此时，她突然低下头，用手捂住了嘴。

“不舒服吗?”我问。

我想起乙彦，觉得他俩大约属于彼此性格相似的类型，连管理自己都不能胜任，却做出种种大胆的行为。

“嗯嗯……”

萃嗫嚅着，下巴上有血顺着手指滴下来，一滴墨汁似的血落在脚下的水泥地上。

“一激动就流血了。”萃呆呆地说。

“流鼻血怎么还低着头呢，要抬头。”

“嗯。”

她把头仰起来，手像死后僵直了似的捂在脸上。我用力把那手从脸上扯下来，递给她手绢。

“谢谢。”

她把手绢按在脸上，手绢下传来瓮声瓮气的道谢声。然后仰面朝天，睁着通红的眼，不再吭声。

为什么要这么痛苦呢？我想。嫌恶和感伤充塞在我的胸口。她是在怎样的环境中长大的呢？性情乖张的人我见过，但也不至于像她这样呀。那周身散发的浓烈的气息，那连她本人都难以支撑的痛苦的存在感。

宛若雨水冲刷下的绣球。

“去我那里洗个脸吧。”我说。她点点头。

我将装着复印件的尼龙包挎上肩，迈开步子。伞摔坏了。萃仰着脸，我拉着她的手，雨淅淅沥沥下得小了。

她是不是一直在跟着我？从什么时候跟上的？

我很害怕，因此没敢问。

把萃引进房间，打开灯，我给呆立着的她递过一条毛巾。

“洗脸去呀。”我说。

萃去了洗手间，畅快地放开水，洗了脸。当她出来时，那脸清爽多了，仿佛是从睡梦中醒过来。我不由有些紧张。

“这复印件，也给咲了么？”

她前额的头发是湿的，像刚游过泳一样。

“嗯，我打算给她一份。”

“最好免了吧。”她面无表情地说。

“这段时间里，我觉得自己成了你们的心灵停靠站了。”

他们这家人，都到我这里来过。

“先不论好坏，我只觉得奇怪。”我说。

“喂，还有一个相当快乐的地方吧。那个空间也很奇特，是吧？我们很快乐，一直都这样。”

“你是指那小说中的世界？”

“是。”萃笑道。

“有点哥特小说的味道，令人腻烦的戏剧性情节，浪漫的情调，逃遁的倾向。结果，作为深受影响的人，咲接近得最认真，还把它对象化，对它进行研究。”

“而你却是实践者。”我笑道。

“不错，是实践。”她说，“所以，事到如今，事情将如何变化也不知道了。”

心情不好的时候，我时常想，如果父母没有离婚，如果自己独自生活的时间没有那么长，如果当初没有在语言上醒悟，如果没有爱上庄司，如果没有这些东西留给我的烙印，我就是原来的我么？我就是自由的么？

有时心情不好的时候会想这些。

“人生不是故事。”萃说。

我默默泡好咖啡，拿在手上。

“但实际上你早就把庄司的事儿放在一旁，就像在做暑假作业，像观察小蚂蚁一样在审视我们了吧。”

萃接过咖啡，一面呷着一面说。语调很平常，却干脆流畅。

“你怎么知道?”我笑起来。我本想开一个玩笑，可这一笑，就仿佛被她言中了。

我首次造访了咲同时也是乙彦的住所，决定把给了萃的那份文稿的复印件也顺便送给咲和乙彦一份。那是珍贵的遗物，像这样轻松地分送他人，我有一种在夏日天空下相当神清气爽的感觉。

虽然在工作的地方和咲每天见面，但我并不知道她住在怎样的地方，这让我产生很多想象。

我一面走，一面猜测。那屋子是否带一点自然情调、清新可爱？抑或是透着忧郁伤感、趣味索然？总不外乎这两种情形吧。尽管很快就会得到答案，但我还是不由得这样认真地思索着。按照地图上纵横交错的线路指引，穿行在火辣辣透着暑热的胡同里。

在一个U字形拐弯处向里看去，见到了那座位于尽头的西式公寓。薄荷绿色的墙，有一个小院，门上挂着常春藤。这地方倒还真适合咲，只是略显古雅，像一个隐居之所。

我登上楼梯，找到202室，敲了敲门。

“是风美吗？”咲一面打开门一面问，“没有迷路吧？”

“有点难找。”我回答。

“现在乙彦不在。”咲说。

我点着头迈进门。猜测大体是准确的，这的确是一个成人居住的可爱的房间，深色的地毯，书架上满满的外文书，还意外闻到了海的气息，隐隐地弥漫其间。老式摇椅，皮沙发，厨房地板上放着铁制暖炉，装饰架上摆着成排的酒瓶，很有点船舱的味道。

“喜欢海？”我问。

“是乙彦，”咲回答，“他曾经想要考和大海相关的大学。”

“怎么又不考了?”我窥视着他的房间问道。

的确，游艇长靴、帆船影集、靠在墙上的附有鉴定书的舵轮，这些很令我意外。

“因为女人。”咲笑着回答。

我笑道：“好简洁明了的解释啊。”

咲倒好姜汁饮料，把杯子递过来。

“加了杜松子酒。”

“在学校可喝不上。”

“有限制呀，我们。”

我们坐在地板上。那饮料很甜，出奇地好喝。

“真热啊。”我说。

汗水干爽后，我有了醉意。

“这屋子不错。”

“谢谢，改天请你去我们在横滨的家，纯和式建筑，尽是房间。刚到日本时就去那里住了，我说不习惯那房子，大家都笑了。”

“是这样啊，下次一定去。”

姐姐结婚后，我时常揣测住在一个与自己的出身地相隔遥远的陌生国度是怎样的心情。是融入那片土地成为故事的主人，还是在心中的某个地方始终保存着回家的愿望呢？

这时门开了，乙彦走进来。怎么说呢？我喜欢他那固有的魅力、奇妙而明显地与众不同，全身溢满自暴自弃却又不失自信的感觉，我觉得他的长相很帅气。的确是一个有着非凡经历的人。

“打扰了。”

“欢迎。”

他似乎还在为上次的事难为情。

我有一种奇怪的感觉。《N·P》是部小说，无论怎样深入内心，只要本人没有相当的缺陷，就有能力抵制它的影响。不过，例如萃，她却是立体的。说起话来滔滔不绝，头发飘逸潇洒，咧着嘴笑，吃零食，流温热的鼻血，对我的话迅速作出反应，像果冻般与现实远远隔离，扭曲，没有真实感。自我见到她后，她一直就是这样，她本身就是《N·P》。因此，我是不是眷恋着萃呢？抑或是咲？

还是视情况而有所变化？我不知道。或许真正让我中意的是乙彦，只有这一点有点令我受不了。在为数不多的几个人中营造出那样的氛围是危险的，会产生种种错觉。可是，我依然希望不断见到他，听他那格外认真的交谈。

奇怪的感觉。

恋爱、分手、永别，年复一年地重复下去。眼前所见似乎并没有区别，善恶和优劣难以确定，害怕的只是不好的回忆会存积在脑海里。所以我有些胆怯，心想：假若时间停滞不前，夏日没有尽头该多好。

“乙彦，你也吃蛋糕吗？”

咲拿来蛋糕，乙彦摇摇头。

“只给我咖啡就好了。”

下午茶的时间，三个人坐在地板上，这也让我感觉奇怪，因为我们这是第一次聚在一起。

“不久前，萃打了我。”我说，“就在那个下雨天，突然一下子，听说过吗？”

“你见到她了?”他很惊讶地问。

“嗯。”

“是吗……”

从语气上判断，大致的情形他是明白的。

“那……为什么打你?”

“好像是误会。”

“那家伙，当真误会了……”

“她见到我的事没对你说?”

“嗯，这是刚听到。”

“是吗?”咲一直喝着咖啡没作声，可现在开口了。

“有句失礼的话，能问吗?”

“问吧。”乙彦回答。

“和自家人亲热是怎样的感觉?”咲严肃地问。

我忍俊不禁，乙彦也苦笑。

“真是个失礼的问题，我很吃惊。”他说。

“不趁这个机会问就问不成了，平常难得见面。”咲道。

“老实说，这个问题我没有想太多。”他回答，“不过，总有点负疚感。这话有点像辩解。”

咲说：“你本来就有这毛病，没有理由，即使亲吻也是不可以的。”

“是啊——”我用戏谑的语气说。

“没有理由的性行为，我有过吗？”乙彦问。

“大概是因为一直被姐姐逗着长大的吧。”我说。

“是啊。”他点头。

“调戏不至于给你带来压抑呀，”咲道，“调戏一直很有趣不是吗？”

我有了一种独有的难以言表的新奇感觉，觉得当年那个聚会上那对打扮入时的姐弟出现在了我的眼前，并和当年一样地交谈着。

“那也是以前的事了吧。呀，刚才也是。不过我们在一起好几年了，并没怎么做那种事。就是说，像姐弟一样。”他说。

“这不是真的。”咲道。

我们大笑起来。

我把复印稿递给咲，她接过来，“可以吗?”她说。“让我看看。”乙彦说着，从咲手里夺过稿件读起来。

“译得真好。”他说，“很棒呀这个。咲，要干就要超过它。”

咲点头。不知为什么，我的心怦怦直跳，觉得庄司还是得到了回报。

傍晚了，乙彦突然瞅了瞅窗外，像是在确定时间。

“我要出去了。”他站起身。

暮色渐深，他们要会面了，我猜想。她的淡雅和忧郁一定同暮色苍茫的街市上那蛋白石般的风景重合着。他要在她的侧影消失前找到她。那令他不得不寻找的侧影，那任性和拒绝的反差。

“那么，代我问候萃。”

我们目送他离去。“真没办法，这两个孩子。”咲叹道。之后我们也出门去吃饭。

“过得怎样，最近?”

带着醉意的声音，即使在电话里我也能很快听出来。对自己的亲生女儿，他不喝醉是不会打来电话的。

“挺好的。爸爸你呢?”我说。

这是星期六晚上突如其来的一个电话。父亲现在没有家了，和他私奔的那个女人又跟别人跑了。这世上就有这样的人，不惧怕失败，不断经历新的开始。为什么只在这些人的脸上难得一见快乐的表情呢?他们是那样坚决果断，然而却像蛰居在深巷中的人一样脸上镌刻着懊悔的表情。父亲是这样，父亲的女人也是这样，不是太和睦的类型。即便我长大成人，面对他们还是没法高兴地笑起来。

“还不错。”

“是吗？不寂寞？”

“习惯了，儿子住在附近。”

“我的异母兄弟么……”我说，“也是个复杂的家。”

“也是？”

“感觉而已。”

“这种情况很平常，没有问题的家是不存在的。你知道吗？混乱，充满人间。”

“这个我想我是知道的。”

“如果不喜欢，就要有一个不离婚的婚姻。”

我时常思考那些我们看不见的缺陷和那些扭曲的状态：有精神病史的家族、在父母没完没了的离婚纠葛中挣扎的孩子。

“没有这样的自信哦。”我说。

就这样活着也可以度过一生，父亲究竟要怎样才会满足呢？

“你喝很多么？每天。”我问。

“你喝酒不是也很厉害吗?”

“遗传呀。”

“是啊。”

“爸……”

我本想问，是否醉意朦胧中认定的人生才是真实的？这是我童年时就想说的一句逞强的话，然而没有说出口。

“工作顺利吧。”

“工作么，一直很好。”

“哦……”

我还想问，有否有过和女儿亲热的念头。但这样的话更难出口，还是将它咽下去。

“那么，以后再聊吧。”

“行，休息吧。”

很累，仿佛劳神地交谈了几个小时，谈了很多无关痛痒的话。

我可以回想起父亲在家时我们交谈的情景，那情景非常清晰，然而再也无法重现了。就像好久没有溜冰和滑雪，身体对这样的运动已经不再自如一般。这就是岁月么？我的心还是幼时的模样，可假若和他见面，站在他面前，像一个成熟的女性，像母亲一样，是很难表现自如的。

从父亲的语调中，我有点理解高濑皿男那种相当渴望死亡的情绪了。也许在他看来，恋人总是人生的亮丽之处，所以他始终持续着和父亲类似的状态。

“能来玩吗?”电话那边的人这样说。

是咲吧，我想，可仔细一听才知道是萃。到底是姐妹啊。

“现在正忙着呀。”我说。

我独自在研究室整理资料，的确正忙着。只有我一个人的校舍在正午时分也如同夜晚的游泳池，幽暗的走廊上弥漫着水一般浓重的氧分的气息。

“乙彦不在，挺无聊的，而且我想给你看样东西。等一下也没关系，来吧。”

我也想见她了，虽然带点忧伤，却又备感亲切。窗外的天空像染蓝了的棉布，四下铺展开去。我的心情很好。

“行，忙完这阵我就去。带什么礼物?”我高兴地问。

“看来你心情不错。S屋的巧克力奶油点心就好。”

接着她向我描述了过去的路线。

傍晚，我按照她的描述起程了。在我的印象中，她好像住在附近，实际上却意外地远，乘公共汽车用了二十分钟。

那是一座处在街道尽头、像豆腐块一般方方正正的白色公寓。她一个人住在那里，所以邀我来玩。

对于萃的房间，我也有过这样那样的猜想，然而事实上远远不如猜想的美丽，她的房间毫无情趣，没有任何可以反映她个人特性的陈设。

普通的电冰箱、冷冰冰的只能称之为器具的厨房用品、没有地毯和坐垫的空荡荡的地板、没有一张桌子的和式房间。隔扇的一处地方还破损了。

见我怔怔地看着那隔扇，萃解释道：“本来是要修的，因为嫌麻烦，到底没有修。”

多么乏味的解释。

书架倒还算是不一般，堆得山似的旧西洋书、画册、影集……狄更斯、亨利·米勒……加缪、三岛由纪夫……旧文库丛书、时尚杂志、漫画杂志。

马赛克似的堆得密密麻麻、层层叠叠。

“很一般呀。”我说。

看来这人对住宅并没有倾注爱，这房子看上去不就只是个盒子吗?

“喝茶吗?”

她站在厨房里，从冰箱中拿出凉茶倒了一杯递过来，我一喝，发现是蕺草茶[①]。

“好喝不?”

“不好喝。”

“从打工的地方拿回来的。下一杯冲咖啡喝。”她笑道。

---

① 以蕺草为原料泡制的草药茶。

我们坐在厨房的餐桌边吃了巧克力奶油点心。凉台上吊着的风铃叮叮当当地响个没完没了，令人生厌。

我觉得心烦气躁。她身上有一种不平衡的存在感，令人难以平静，这也许是个优点，和她分别之后总觉得意犹未尽，期待下一次见面。

“你说有想要给我看的东西？”

“啊，没错，就是这个，是对你近期关照的谢礼。”

她拿起桌上一沓发黄的纸递过来。

“是什么？”我问。

“其实，这是那第九十九篇小说。”

我大吃了一惊。

“原件？”我问，“大家知道它的存在吗？”

萃沉默不语。

“乙彦呢？”

她点点头。

“咲呢？庄司呢？”

“不大清楚，反正我没说，我想庄司是不知道的。”

不知道为什么，萃好像有点难过。

“可以看看吗?”

她又点点头。

我开始读这篇保持着原貌的英文原稿。记得在我读的时候，萃一直望着窗外，尽管只是用眼角的余光瞥见她面部的侧影，然而奇怪的是，那侧影却成了留在我记忆中对萃印象最深刻的表情。

我很快就明白了第九十九篇小说没有公开发表的原因，虽然多半是作者精神状态的反映，然而很难称之为小说，有点像散文、习作或者素描什么的。作品很不流畅，仿佛带着伤痛。

作品中反复描述已经分开了的妻子和孩子们。他在梦中回到家，从门外、从顶棚偷看家里的情形，从隔扇的缝隙间窥视房间里的人，无法搭话。只有孩子们有所觉察，而母亲却认为是听错了。于是他就把脸抵在窗玻璃上，那样久久地看着。

反反复复描述的就是这样的场面。

“太悲伤了。”我说。

死神出场前的后台，乙彦和咲那明朗的面庞，恰如那天在聚会上所见的一模一样。

“我觉得自己很凄惨。”萃说。

我想萃的话来自和我完全不同的观点，她的眼睛告诉了我这一点。

“你是这样想的?”我问。

“他们是作为孩子被爱着的，而我只是作为一个女人，而且似乎只是一个擦肩而过的女人。真羡慕他们啊，读这篇小说总让我既羡慕又沮丧。”萃说。

“爱是没有优劣之分的。”我说，“我打心眼儿里喜欢第九十八篇小说，他将对女儿的爱和对女人的爱融为一体了，让人觉得因为他的爱延续到无边的宇宙而得到了拯救。值得羡慕的是你呀。那篇在那本书中是最好的。”

“真的?”

她绽开了笑颜。仅从这样的笑脸中我便能感觉到她的心是一直闭锁着的。

“可是，再怎么样人也去世了，这就是他作品的全部，永远也不会增加了。”她说。

“我有一个想法，把这篇复印下来送给咲，这样岂不痛快?”我说。

“这合适吗?还是找个机会吧，等有了机会再送也无妨，只是，我觉得她读了这小说后会得意的，一想到这个我就生气。”

“我理解。”

“咲想出书，可我一想到把尚未发表的东西像注释、附录似的附在书后就觉得愚蠢，这主意太馊是不是?”

“嗯嗯，也许很自然呢。”

我的确这样想。

“你究竟站在哪一边?”萃不解地问。

“哪一边也不站。”

“这样一说，我倒想起一个词来。”

"愿意领教。"

"怪人。"

被她称作怪人令我深感荣幸，很是高兴，不由得笑起来。

"不过，"我说，"能否告诉我，这个，是直接从令尊那里得到的吗？"

"是呀，他在我房内写好，放在那里，然后死去了。"

"哦……真是令人睹物生情的东西啊。"

"我不喜欢手稿之类的东西。不过，那时我还是孩子，不太懂，根本没想到会保存到今天。"

"哦……"

另类的故事，简直是比异域还异域味儿的异次元的故事。

"啊，有一件东西，很早就想送给你，我决定了，就在今天给你吧。"萃说。

"是什么？莫不是第一百篇、第一百零一篇小说吧？"我笑道。

“这东西一直放在我这儿。你没有参加庄司的葬礼吧?”

说着，萃去了隔壁房间，打开抽屉，取出一只小木匣。

我的话也怪怪的了。

“是什么？象牙吗?”

“有点像。”她说，“打开看吧。”

这东西不沉，轻轻地打开，只见棉絮上有一块令人悚然的白色碎片，还带点黄黄的调子……是种跟这房子类似的带有历史感的颜色，这颜色我是很熟悉的。我的意识一下子变得支离破碎。

“这个，是骨头?”我说。

“正是。”

“这么说，是庄司的吧。”

萃的脸上浮现出腼腆的笑，像是不好意思的神情，可她又似乎有些得意。

“在火葬场，装着收遗骨的样子悄悄偷来的，就在刚出炉的时候。真紧张啊。”

她脸颊红红的，微笑地说着。虽然我还没有从震惊中恢复过来，但为了给自己鼓劲，我说：“真难为你了。”

“啊，总算轻松了。”她说。

我却一点也不轻松，但被什么感动着，是因为她极为理解体贴的热情，还是因为庄司的这块骨头？不得而知。

“非常感谢。”我说。

感受着手掌上乌柏木匣的重量，我集中精神想装出轻松自然的样子。手指尖儿都要变得麻木了。

“你说打工，是做什么？”

“在小酒馆做事。”

“也唱唱卡拉 OK?”

“有时也唱唱。”

“嗯，”我说，“即便如此，这房子也太一般了。”

“这样反而踏实。”她笑道。

酷似棺材的房间，夜晚窗外的街灯。

“再一起玩会儿吧，和你待在一起挺开心的。”她说。

我感到一种渐渐增大的心理压力。

“哦。”我回答。

心里却在嘀咕：嗯……骨头……

那天夜里，我和高中朋友聚会，大家久未相见，喝了很多。

我醉得厉害，虽然没有到不能走动的程度，但眼前所见已经变得光怪陆离，和平常很不一样。

我在回家的路上走着，半道上碰到了乙彦。在我们这个狭小的城市里，这种事经常发生，在马路不期而遇，或者站在书店里翻书时有人向你打招呼。这种时候，大家总是问候一声便擦肩而过。

那天晚上，我头脑昏昏的，一点也没有察觉到乙彦迎面走来。

“呀！”

在要和他擦肩而过的时候，他大声叫住了我。

“哎呀呀，乙彦君。”我说。

“怎么回事，喝醉了？”他问。

“去喝茶吧。”我说。

“风美，现在是晚上两点呀。”他笑道。

我提议：“去美仕唐纳滋[①]如何？还没去过那里呢。”

“太远了。这样吧，我给你买罐饮料，就在路边喝，怎样？”

“那多难看。”

“挺好的，只有夏天才能这样呢。”

“也行。”

夏天也已过半，在以后的几个星期里即将渐渐逝去，让人生出几分伤感。

我们在路旁的自动售货机上买了大麦茶，两个饮料罐咕噜噜滚出来，大得令人惊讶。

---

① 著名西式甜品店名。由美国人哈利·威诺克于1955年11月在美国马萨诸塞州的波士顿创立，如今已经发展成为日本快餐行业的三大品牌之一。

我们坐在路边拉下了卷帘门的店铺前喝开了。汽车飞驰而过，每当有卡车路过便带给我们一阵震动。

“坐在路边太棒了，有现场感。”我说。

“夜的感觉很新鲜。”

“住在路边的家伙每天都有这种视角啊。”

“也许吧，不过每天这样还新鲜吗?”

突然停下来，用一种与平常不同的态度观察眼前的车水马龙，人来人往，世界一下子变得异常清晰，绵延的街灯比平常更高，仿佛逼近了天空，车灯也变得格外色彩斑斓。

汽笛声。

远处的狗吠。

路上的嘈杂。

人声，脚步声。

吹过卷帘门的风声。

空气的温热，散发着白昼余温的柏油路，正在远去的夏日的气息。

“情况怎样？”我问。

“不好。”他一把握紧我的手。

“好痛。”

“所谓不好，就是这样痛。”

“你真是孩子。”我说，“对萃，你爱到怎样的程度？”

“嗯……”他边喝茶边说，“看这街上的行人，来来往往的面孔，都像萃。就是这样。……有这么一首歌吧。算是剽窃吗？”

“说得不错。”我说。

“可就是处不好。”

“没关系。”

“不安啊。”

时间静止了。

我想上帝慈爱的目光一定眷顾着这里，这平静的、永恒的、夜的峡谷。

这夜像萃。

我们在白天想到的夜是模糊的，很平常，然而一旦它真的临近，一旦触摸到它的肌肤，你便能感到它的巨大和纯净有着难以抗拒的力量。

“在那边，我有几个喜欢游艇的朋友，其中一个好酒，年龄比我大很多。在波士顿时，有一次他同我们一起喝酒。在初次见面的朋友面前，萃与平时不同，显得和我异常亲密，努力扮演一个忠实恋人的角色，那种时候我会产生错觉，心想，瞧，第三者一在场什么矛盾都缓解了，我们还是可以相处得很好的。是这样吧?”

“很理解。”我说。我知道，这种情况只出现在令人相当不安的恋爱中，但我没有把这层意思说出来。“呼”地吹过的晚风被高耸的楼群包围着，像困在封闭世界里的鱼。

“可是，那个熟悉大海的朋友并没有被蒙蔽，那些家伙的感觉异常灵敏，他们善于洞察事物的本来面目。萃说困了，想睡觉。待她回去后，朋友对我说：‘你在和一个可怕的家伙交往呢。以前，我们在海上常常遇到类似的东西，在你泄气、失败、胆怯的时候，它会把你诱到海底，这种东西只有年轻的时候看得见。年轻的时候，危险的女人都有那样的眼睛，那是一双连自己都不明白何处是目标的妖魔的眼睛，和我们在海上见到的一样。’啊，果然如此，我听了这话后便这样想。”

我点着头说：“你好像什么都很清楚。”

乙彦也点头。

在盛夏的午夜，闭上眼，仿佛听到一种悄然行进的脚步声。我久久地坐在路边，默默倾听着。

我和萃坐在街道尽头河边的土堤上吃着面包。

“盛夏也快过去了。”萃说。

我们并排坐着，望着波光粼粼的河面。

“嗯。”

耀眼的阳光将我们屁股下的水泥地烘晒得发热，一切都反射着雪白的光。河水发出激烈的哗哗声。

“阳光一强，眼睛就睁不开，像睡了似的。”

萃伏在我的背上说。她的头又小又暖，像掌心的小鸟。

“闷热难受呀。”我说。因为吃得过饱，我没有动。

“嗯，挺困的。哎呀，太阳一晒，我的头发成金发了。”萃自言自语。

“啊，起风了。”

清风送爽，河那边飘来小船上的喧闹声，小狗在堤上懒懒地转悠，一些举行家庭野餐的人散布在绿色的堤坝上。

蓝天越过河流的上空，一直铺展到街区的尽头，那颜色像要把人吸进去似的。我的身体软绵绵的，手脚仿佛染上了浓浓的青草气息。我觉得所有的事，不论发生在以前还是今后，都无关紧要。热气包裹着我汗津津的身体，闭上眼睛，眼内一片红色。太阳四射着威力。

“感觉真好！天太热了。让天上的灵魂下来吧，应该喊谁呢？”萃在我的身后哧哧地笑着说。

“庄司。”我笑着回答，喝一口放在脚边的果汁，甜美和清凉一下子沁入脾胃。

“是，明白了。”

话音一落，萃一阵沉默，好半天后，她伏在我背上说："风美，对不起。"

开什么玩笑？我想这样说，声音却仿佛冻住了。我知道萃是在耍弄我，然而一道寒气却从她的头碰触我身体的地方一下子窜到脊背，皮肤渗出黏黏的汗。那声音虽然出自女人之口，却似乎通过我的脊背带来了另一个世界的回声。

"虽说我们约好了，但我还是不能和你去海边，对不起。书和手表不用还了，对不起。"

我更加害怕了，身体动弹不得，一种难以表述的恐惧几乎使我落下泪来。我的身体直直地僵硬着，好容易才小声说："讨厌，说些什么呀，萃，你什么都知道？"

回过头，萃正呆呆地看着我，嘴里"哎"地发出疑问的声音。阳光下的面庞尽是雀斑，脸色浅淡，完全是一个瘦弱的孩子。

"我只是随便说说。哭起来了？对不起。"

她把手放在我的脸颊上，灼热，我有一种晕眩感。

“嗯，没什么，只是想起了一些事。”我说。

萃挨近我，屈起穿着牛仔裤的腿，抱膝而坐。因为阳光耀眼而皱着眉，默默望着河面。

在这样强烈的阳光下，某种东西一定会因意外而被触发，于是便发生了刚才那样的事，这好像很正常。

理解了这一点后，我也看着河面，凝视使我仿佛随波而去，河水清澈透明，鱼影摇曳其中，手旁的草在呼吸。

“对不起。”萃又道歉。她转过脸，冲着我笑，那明媚的笑很像来自满脸透着活力的印度孩子。

我见到了母亲，这是相隔许久之后的见面，大约有两个月了吧。

突然接到母亲的电话，“明天一起吃午饭怎样?”她说。自从有了我们之后，母亲就没再生孩子，母亲的丈夫（对他只有一个大体印象，因为我没有和他们一起住）是一位主编，他是初婚，自然也没有孩子。他们表示希望我和他们一起住，但我拒绝了，为此我偶尔也觉得后悔和歉疚。后悔往往发生在觉得自立越晚越好的时候，而歉疚则产生于听到母亲这种寂寞的电话之际。

午饭时间餐馆里人很多，待我匆匆赶到时，已经晚了十分钟。母亲正坐在桌边，独自喝着红茶，穿一身藏青色的套装，仔细化了妆，目光冲着窗外，看上去有点寡居的模样。母亲的外表老是这个样子。

“妈。”

母亲转过脸冲我一笑。

“瘦点了啊。”我吃着饭说。

“是啊，夏天没胃口。”

“忙不忙？”

“以后要预约喽。”母亲笑道。

和我们共同生活的时候相比，母亲还是老了。我的生活缺乏时间感，每次见到母亲便仿佛突然被时间机器送到了未来。因为母亲，我才体会到了时光的流逝。

“口译不做了吗？”

“有时也有人请。到了这个年纪就怕麻烦，邀请的人不是相当有交情我就不接了。”

“那么，笔译呢？”

“现在主要做这个。”

“我也一直在做这种翻译呢。”

“为什么?”

“最近我这里这种活也多起来了，挺纳闷的。”

母亲道：“我倒觉得你不适合做笔译。”

“这个我知道……不过，为什么呢? 还是因为我不够细致么?”

“怎么说呢，并不是说你心肠柔弱，只是心地太善，和那文章不分彼此了。”

这一点我正有所察觉，所以也想罢手不干了。

“不论你多么冷静，那些东西总会煽起你的情绪。像你这样的，神经就受不了。”

“会这样么?”

“我是这样认为的，那人也不适宜干这个，那位庄司先生。”

“记得挺清楚的呢。”我说。

母亲认同地点点头。

“钻进一本书中把它译出来是很难的，我是这样认为的。所以说是个很讨厌也很让人痛苦的活。”母亲笑道，“庄司的心情我也明白一二。我干了十几年，也有疲劳的时候，翻译的疲劳是与众不同的。”

在餐后甜点和意式咖啡上来的时候，谈话中断了。近来很少听她谈论自己的思想，所以觉得新奇。工作方面的事也想听听。

“翻译是把别人的文章当成自己的思想似的展开思路，对吧？在每天的几个小时里，你要同别人的思路保持一致，就仿佛那文章是自己写的。这是一件怪异的事。你与那文章融为一体，自己的思想融入其中，不分彼此，弄得日常生活中也掺杂着别人的思想。如果你翻译的作品出自一个颇具影响的人，那么你从他那里受到的影响要胜过阅读作品的许多倍哦。”

“……连妈这样的翻译老手也是这样？”

“这是直到现在才明白的，开始的时候，大致是离婚那阵子吧，我就已经处理不好了。工作能让我振作吗？一边带孩子一边工作，一个人能行吧？这样动脑筋晚上不会失眠吗？……就这样，整天对着别人的文章思前想后，噢，这就是孤独感么？我体验到了强大的压力，我想排遣，只要将所有思考中断就行。”

“一边带孩子？”

“带孩子是错误尝试的继续。”母亲笑道，“我的方法是玩剑玉①。”

“什么？”

“剑玉。哈哈，现在想起来挺好笑的，但当时很认真，应该算玩得不错吧，我。”

这么说……我想起来了，那时半夜上洗手间时总能听到从母亲房间里传出砰砰声，听起来怪可怕的。

“我还以为是钉稻草人哩。”我笑道。

---

① 日本木制玩具之一，棒的一端尖细，另一端较粗，凹成碗形，用线系以有孔的木球，玩时将球抛起，以细尖一端刺球孔或以碗状一端接球。

“小时候，在学校的剑玉大赛上我拿过优胜，所以现在为了转换心情也时常玩的。但那时近乎拼命，为什么那样投入呢？我也觉得奇怪，……大概意识到玩电脑游戏不行，看电视、读书、喝酒也不行。”

“有什么不同吗？只要被吸引住不就行了？”

“嗯，比如做倒立、修指甲、洗桑拿、游泳大概都可以……，关键是如何恰当地使用身体。……当然，也许只有我如此，我希望进入另一个世界，既不是现在翻译中的世界，也不是现实的世界，而是一个没有故事的世界。”

故事……，这个词最近听到过，从萃那里。

“您是说一种心无杂念的状态……像诵经、冥想一样吗？”

“也许是吧，要避免艰深的思考。”

“因为太喜欢故事性的东西，所以我和庄司都不适宜……”

心无杂念地沉溺于玩剑玉，修指甲，我没有这个自信。

“你什么都不放过，连周围的空气也要吸了去，所以还失声过吧。对戏剧性的东西如此讨厌，而你却总是连空气都感觉得到，也许你就是这样坚强起来了吧。庄司死的时候你不愿哭第二次，奇怪的孩子呀，这一点很像你父亲。”

“他来过电话。”

“状况怎样？”

“挺落魄的样子。”

“是啊。”

“但终究变化不大，妈也是，挺年轻的呀。”

“是吗？”她笑起来。

虽然乍一看，母亲在迅速衰老，但一谈话便会发现她性格的本质，那是她少女时代就有的，让我依稀有一种和那时的母亲交谈的感觉。

“你怎么样，每天快乐吗？”

“嗯，非常快乐。”

这是真的，我真切地享受着光阴，感觉到它在飞逝而去。

我有点明白母亲的人生和她时常怀有的感觉了，这是否因为我已经不再是孩子的缘故呢？可我依然十分不安，依然感觉非常孤独。

尽管我喜欢萃，但若不是她邀请，我不会主动去见她，也不会给她打电话。因为我感觉自己是一个不主动掌控速度才能心平气和地进入生活的人，假若主动给她打电话，那么在没有萃的日子里我就会忐忑不安。她就是这样一个能令我如此的人。盛夏的一两个星期非常奇怪，仿佛永远不变的阳光中，一切都在发展，人们的心、各种各样的事。不觉间秋天来临了，在时间停滞的错觉中，一个清晨，我突然发现了清凉的风和高远的天。

总之，在一个我无法看见的地方，事情正在悄无声息地进展着。萃经常打来电话，炎热的日子里，她的声音使郁闷从我的耳朵传向内心，总让我觉得已经到了最后的时刻。

那种时候，我总是想起那个夜晚的路边，月光映照下的那张乙彦的脸。

这天夜里很晚的时候，萃打来电话。

从声调中马上可以知道，她好像已经醉到一定程度了。

“乙彦先睡了，很过分吧？”她说。

我想她大概要津津乐道他俩的恋爱故事了，就没有接她的茬儿。

“一定是困了。”我说。

“从小时候起，我旁边就总有很多容易入睡的人。半夜里，我常常久久注视母亲醉醺醺睡去的样子，现在想起她来，脑海里也很难浮现出她睁着眼睛的面庞。父亲……我应该叫他父亲吗？抑或称之为一个男的？高濑先生？也是如此。在黑暗中，他很能说，都是牢骚、后悔和奢望，撂下许多问题后便睡去。而我却睁着眼，久久地胡思乱想，想艺术、自由生活和反社会，这样的思考是长时间的。失眠也很有趣哦，夜晚是奇妙的，对于早睡的人，它倏然而过，而彻夜不眠者则仿佛历经了一生般漫长，很划算呀。”

“是喝多了才睡去的吧?”我听得难受，于是问道。

“一直在喝。”

从她的声音中，既听不出哭泣，也觉察不到愤怒，仿佛毫无感触。这是在恋爱中走入末途的女人常有的和空洞的笑共同出现的表现。这种情形我也常有，那面孔仿佛就浮现在眼前。这种事男人大概还是察觉不到，抑或察觉到了，但半夜里还是撂下她独自睡去。

现在，那边的萃大概就是这个样子。

“现在乙彦不在旁边吗？你这样大声讲这些。”我问。

“嗯，我跑出来了。”

我吃了一惊。

"在外面?"

"是，在附近的电话亭。"

果然，我想，那就去玩玩吧，反正有时间。

"我说，你认为我总是闲着没事吗?"

"在过去，人与人的关系不就是这样的吗？大家总有时间，真诚坦率。"萃笑道。

"在拐角处吧，你等着，我们去喝酒。"

我放下电话，穿好衣服出了门。

夜色里，我一边走一边突然觉得萃也许很正常，一点也没有不健全的地方，仔细想想，她没有神经方面的问题，头脑也很清晰。

那么，魅力何在呢?

叛逆、不依赖他人的自我充实的能力？决不与他人共有的、独特的内心苦恼？仅为少数人所理解的富有冲击力的暗语?

看上去，倚在深夜电话亭旁戴着墨镜的萃像一条风中舞动的柳枝。

“半夜怎么还戴墨镜?”我问。

“刚哭过，很难看吧。”她带着鼻音回答。

“这一次，假若被这玩意儿打，那我就死定了。”

萃手上提着的纸袋里露出了葡萄酒瓶，所以我会这样说。

“啊，误会误会。”梨花带雨的可怜人儿摆着手笑着解释道。我咧嘴笑了笑，松了口气，我不喜欢别人哭。

“我可是喝着酒来的。”她说。

“哇，对瓶吹?你以为自己是有型的女演员吗?”我拍着她的肩，戏谑地说。

“很遗憾，我是用纸杯喝的。”她又笑起来。

人开心起来了。

“这样喝没意思。”

“行，那我们去一个刺激的地方吧，我早就想邀你去了，怎样？还是说去店里?”

“哦，那就去那里看看吧。哪里？是哪里?”

“感兴趣了吧？那里没有其他人，”萃说，“其实你去过好多次。”

“什么地方呢？”

我琢磨起来。

“跟我来吧。”

周末的马路上人很多，夏夜的空气中混合着节日般的活力。我们着装单薄，显得轻松悠闲，遇到有人冲我们招呼，我们便匆匆走过。

“喂，夏末时节，很热闹很愉快不是？这种时候呼呼大睡，乙彦真是大笨蛋。”萃说。她身上的红衬衣和夜晚的黑暗很相配。

“他没有这种感觉，所以不能陪你，一定是这样。”

“倒也是，考虑任何事都以自我为中心也不行。”萃笑道。

对于他们，我无法像对普通恋人一样给以劝慰，不然会有点难过，事后有一种苦闷感。

“在哪儿？”

“六丁目路口处有个大超市吧？就在那附近。”

“哎呀，”我叹道，“那不是庄司公寓那里吗？”

“不想去？”萃问。

“嗯，好久没去了，有兴趣。”我回答。

从大路拐进另一条街道，夜暗下来，给人以晕眩的感觉。

“就这里。”

耸立在黑暗中的熟悉的公寓拉起了施工的白幔，面朝外的所有窗子都是黑洞洞的，是在改建，还是要扩建大厦？我有些疑惑。

“我来这里玩过几次，但想到你恐怕不喜欢，所以一次也没有要你带我来，我做得不错吧？”

“那现在呢？”

抬头仰望，楼房很暗。一楼是干洗店，旁边有一个入口，没有电梯。这是一幢三层的公寓楼，显出陈旧古板的灰色。庄司的房间在三楼，从那窗口望出去，所见的街景不论是半夜、黎明，还是正午，都是小巧精致、亲切平和的，让人觉得安稳，仿佛透过庄司身体中的窗户看到的样子。那时我总是睡得很好，我想，轻松到能那样安然入眠的日子也许不会再有了。

“就在刚才，我哭着的时候，发现这屋顶能上去。”

“好啊。”我应道，“像探险呢。”

“试试胆量，一个人上去会突然害怕的。”

我们已朝那敞开着的、阒无声息的入口走去，响亮的脚步声在仿佛要把我们吸进去的黑暗中回荡。我还记得那月光照得见的楼梯拐角处墙壁上的污痕，就像儿时的记忆，只有那里的印象依然鲜明。

住在这里是我少女时代的梦想，我没有要结婚，没有想搬家，只想不再回去，久久待在这里。我一步一步爬着楼梯，当面对那同楼梯紧挨着的黑暗的门时，忽然放纵地幻想起来，那些画面和情景仿佛来自一只低空疾飞的鸟儿所见，不断进入视线的影像汹涌而至，不可遏止。

门左边的餐具。

绿色的冰箱。

贴满资料的墙。

窗边的床。

装零钱的瓶子。

秘密饲养的大鹦鹉。

我强烈地感觉到这些东西仿佛仍旧原封不动地存在于门的那一边。宛如盂兰盆节回到故乡边走边看的亡灵，又仿佛暑期返乡时看到的祖父母家中的庭院，它在我的头脑里留下了遥远的记忆。（那些人，那个家，我是不会再有第二次相见了。）

我在黑暗中小声说："还没有喝似乎就醉了，我的声音是不是变了？"

"你是在回忆中醉了。"萃若无其事地回答。

登上最后几级台阶，我们来到顶层的楼梯拐角处。只有一次，我为了放风筝来过这里。通往楼顶的门上了锁，当年为了放我们自制的风筝，庄司还配了一把钥匙。

“上锁了吗?”

萃摸了摸那已经生锈的门锁，如笼中大猩猩似的抓住那门使劲摇起来。

“别用这么大劲儿，声音太大。”我说。

“行了。”萃一面说一面用身体撞门，黑暗中，我看不清她的表情。她在使蛮力。

“好了。”她说，门终于“咚”的一声被打开，我好像从充满毒品味儿和陈腐的空气中一下跳进了深夜新鲜的空气里。

“像闷了好久似的。”萃说。

我们站在有废弃贮水槽的狭小的屋顶上。四周的夜景清澄而静谧，一动不动，像倒映在湖中的灯光。

我们坐下来，拿出酒。

“已经变温了。”萃说着顺手递给我，“只能用纸杯了。”

“嗯，好像会慢慢变软。不大好用。”我说。

酒红红的，味道相当好。

“要吃的吗?”萃说着从纸袋中拿出奶酪，我接过来，咬了一口。

“这样聚餐也不错。”

“不错吧，在外面喝酒有赏樱花和盛夏纳凉的感觉。”

她的说法和乙彦一样。

“这样说来，你和乙彦近来也这样在外面喝过茶吧，你们喜欢这样?”

“在屋里挺沉闷，有时一来到外面我们就会和好。”

“果然，这是生活的智慧呢。”我说。

隐隐传来汽车的声音，风吹过来，流汗的身体凉飕飕的，裙子也飘飘舞动起来。

“在这里喝完后，再去店里喝一点，那感觉一定新奇有趣。”

“是啊是啊，只怕脑袋清醒不了呢。”

“等一下去吧。”

“行。”

“我没有朋友，一起玩的倒不少，但可以这样交谈的人却一直没有，乙彦也如此吧。”

“是啊，”我说，“也许你们俩因此才完美，也许一边拌嘴，一边提出疑问，才得以一路走过来。”

不如此的恋人大概不多。

“嗯，怎么回事呢？如果只是一般的关系，也许早就分开了。”萃说。

“和父亲在一起的时候怎样？”

“贫穷，青春期，浮华虚荣，住在平民区，母亲去向不明，乱糟糟的，所以头脑有些混乱，完全不辨是非，只是精力充沛，不安稳。父亲是我喜欢的那种人，我完全没有罪恶感，但父亲似乎是有的。那个人，即使不遇到我也活不长，只要能见面，共度亲密的时光就挺好的。”

“是不是太亲密了一点？”我说。

于是她笑起来。

“也许吧，”她说，“可是我好像反而适合那样。在日本，一切都井然有序，善恶被统一规定着。由于忌怕众人的目光，在电车上，那流氓无赖的歹毒心肠也可以变得如妇人般亲切善良，令人掬一把泪，真是很难理解。我的心情很糟，随着年岁的增长，也感觉到事情在发生着变化，简直如坐针毡，但好像也能过得下去。”

“果然是归国子女的看法。”

“是这样吧。”她说，“昨天正睡着，又被他弄醒，也觉得开心，直到现在。”

“我可不喜欢这样，神经一定受不了。”我说。

“我们总喜欢同床睡，在自己家里。”

“现在你们得偿所愿了。”

“我们的人生，不仅仅是冒失。”萃说。

行了，不要再详细述说了，我在心里想，不要讲这种私密的故事，它的悲伤既廉价又平凡。

“请不要做出不痛快的表情，这些都是生动实在的，每句话都是实情，无论和你听到的故事有多么相似，我在这里所说的都是对你一个人讲的，用的是活生生的语言。”萃突然说。

我大吃一惊：“对不起，我做出失望的样子了么?”

“嗯，从你的表情上看得出来，你要我别讲无趣的话。”

萃笑起来，细眯的眼里闪着光。

“你真的爱过吗?”她问。

“爱……我想爱过吧，但也不大清楚，应该是和庄司吧，可我们吵架前他就死了。怎么了？突然像大姐似的。”

“来这里遇到的人，包括乙彦，我都认为索然寡味，我没有被他们接纳。我一直想，人，是拥有无限的层面的，有的非常卑琐污浊，有的黏黏糊糊，纠缠不清，有的无聊，有的高贵，人生也好，恋爱也好，无不如此。有人女人味十足，有人强悍，有人弱小，有人大吵一通、声音嘶哑后又与爱人并肩看月，同样一件事，有时有所感，有时无所感，哭泣，恐惧，全是依性而行。见自己的爱人，不论多少次，不论是谁，总是要漂漂亮亮地去，这不是道理，是本能呀。”

萃笑道：“好好爱一回吧，我教你，我可是同性哦。”

“莫非你还有同性恋的经验?”我有点心慌起来。

“被人追过，但没有就范，假若有，那真是三冠王了。”

我咯咯笑起来，有些醉了，明晃晃的夜景似乎迅速向我靠近。

“不过我喜欢你，你让我安心，也让我紧张，很奇怪，仿佛被你拯救了似的，奇怪的人。”萃说。

“以后还来玩吧，夏天呀。”她说着在我旁边躺下。女人温软的发香飘起来，茉莉花和白檀的气息。夏夜扑鼻的空气。

“你将会怎样？明年的此时你会在哪里？在干

什么呢?”我问。

萃“嗯”了一声。

迅速变得坦率的心灵交流让人觉得可怕。她的亲切让人像被宠物倾慕一般不安，那种肉体的存在感完全没有招致厌恶的恐惧。我不是同性恋者，也不是高中学生，只是一个普通的女人。这些人散发着生命最灿烂时刻的过去的味道，如同存在于和现实微妙错位的花园里。对此我是很清楚的。美妙的时光。的确美妙，然而也是有限的，不会始终如此。就像是一觉醒来不知为何到现在还身处此地的感觉。

风很大，有点冷。

“不过，”萃说，“你知道吗？还是有诅咒的。”

“别说了，这地方怪黑的，不要说。”

白色的水泥地、废弃的凉台、夜景里只有星星点点的景物在律动着的沉寂的空间。莫非有人在倾听？他始终就在旁边？

“庄司死的时候，你没有感觉到?”她说，“在这屋子里，除自己以外，还有什么别的东西？”

“不知道。”

然而，的确感到了，那天早晨，就在这建筑里。

“从和父亲在一起的时候开始，到和庄司在一起的时候、遇到乙彦的时候，我可是一直有感觉的，有一种变成工具似的无力感，觉得总是自己比较脆弱。”

她的眼睛睁得很大。

“我什么都不怕，只有那个非同一般，我总能感觉得到。父亲死前屋里也有，有苗头，仿佛一种邪恶的、命运的力量从那书中爬了出来。父亲也就是因此而死去的，一想到我活着也是因了它的力量就很不快，还有和你的相遇，我们现在的所为，都是这样。”

“这个我很明白了。然而，你说的那个，是那小说的力量？还是你父亲的才华？”

仰望星空，我的脑海里浮现出以前那些熟识的脸，就如同正坐在一座形同废墟的建筑物上，坐在一个异国的遗址边。此时，产生这种感觉的正是我，是我么？

在这里，思绪总是停下来。

“不对，父亲只是一只盒子，一个弃国流浪的日本人，而那则是灵魂附体，父亲死了后，它也没有消失。”

“那，是艺术和灵魂之类的故事？或者……”

她打断我的话。

“或者，诸如此类的方面，知道了吧。恶灵、诅咒、邪恶的宿命、使我和乙彦纠缠不清的不好的血统。”

“是这些东西么？”我说，“那你赢了呀。”

“是吗？”她回答，“那个人若是尽快罢手还好，可是……”

“谁？”我问。

“咲。但我已经把那复印件送去了。”

“啊，什么时候的事？”

我吃了一惊，站起来，扶住楼顶上的扶手。向下看时，因过于惊讶甚至有了天旋地转的感觉。

“是你说送给她的，我也觉得这样不错。”

回头看时，萃正在微笑。黑暗中浮现着白色的短裤，还有洁白的牙齿。

“遇到她，给她一份也行，不过……”我说。

“别扭，不好意思。”

她有点难为情。

“醉了。”她伏下脸，花了好半天用手将一些崩落的水泥碎片抚弄到一处，然而眼睛却一直闭着。我不安起来，靠近她一看，睡着了。

“快醒醒。”我摇她。

她努力站起来，揉着眼睛，“梦见坟墓了，”她说，“说是我们屁股下面完全没有人，这好像不好。”

“可不，像一个大坟墓。”我说，“下去吧，离开这里。”

萃点头，于是我们又回到像市场一般热闹的街上继续喝。

现在想起来，那时楼顶上并没有什么邪恶的阴影，那天夜里我们被一种吉祥之物，一种儿时梦境般的东西笼罩着。

八月下旬的一个下午，我和咲看完电影走在返回的路上，我们琢磨着是否喝杯茶再回去。

尽管路上人多，但车站前却莫名地显得安静，喷泉画一般地展现着彩虹。过了交通岛，在舞动着的水花的另一边，我看到了那张不安的脸。

萃携带着一股特别的空气，即使混杂在人群中也能很快被认出来，那步态很轻，软弱无力的样子。

我反射性地叫了一声。

“萃！”

我知道，旁边的咲吃了一惊，萃“啊”了一

声，也吃了一惊。看到咲，她有些不好意思，笑得很难看，然后走过来。

“好久不见，谢谢你送我复印件。”

咲的话似乎表明她们不久前见过面。话音刚落，萃便抱住了她，手腕缠得很紧，“真是好久不见啊。”萃回答，眼里噙着泪，萃是真的怀念着咲的，我想。

“喂，请放开我。”

咲笑起来。那笑脸过于和蔼，甚至给我一种流于应酬的印象，那正好是她内心的一种反应。

萃离开咲，脸上的表情很快恢复了常态。

“长大了，”她说。“乙彦我总见得着，而你在我心中还是儿时的样子，很亲切，亲切得连我自己都惊讶。”

三人站在那里。汽车慢慢地绕过交通岛，车站上站着列队的人们，在这个平淡无奇的晴日的下午，有很多事进入了这个平凡的空间，有的复杂，有的携裹着岁月的风尘，有的交织着日本和外国的距离，但人们浑然不知，他们迎面走来，擦肩而过，他们的声音掩埋了我们。多奇怪啊，萃为什么哭呢？假若他们相互原谅，那会怎样呢？是啊，虽然我和这些人相识不久，但也产生了一个错觉，仿佛这突然相遇的双方从幼时起就已为我所知了。我也有泄气之感，心想你们这是干什么呀，别想得那么复杂不就行啦？然而，复杂的是血缘。不管怎么说，在这个空间里，气氛与四周是那样的不协调。

“比小时候更像父亲了。”萃说。

咲一副不好意思的样子。

“是么？哪里？”

“眼睛这里，鼻梁，一模一样。”

“母亲也这样说呢。”

“你们俩也相像。”我说，“是姐俩的感觉。不是堂姐妹那样的相像。”

“真的？”

于是萃盯着咲怔怔地看了老半天，似乎要在咲的脸上看出一个洞来，然后，她突然露出非常胆怯的笑，一声叹息般忧伤的笑，有点若有所思，这样的笑脸我见过，而且，她所感到的伤痛也传到了我这里，然而那是什么？我却不知道。

很快，她的脸上浮现出普通的、真正的笑。

“也许吧。鼻子这部分很像。”她说，并用食指按了按咲的鼻子。

“以前怎么就没有像这样突然相遇呢?”分开后，咲觉得奇怪。

“是不是上帝觉得现在可以相遇了?”我回答道。

“我说过，我始终一样。”

“是嘛。”

“弟弟的人生啊，怎么都行。”咲笑道，“可是那孩子令人担心。很无助的样子，遇到她，我有一点懊悔之类的感觉，这一点没有变。”她说。

“嗯，她总是这样仿佛要消失似的，总让人觉得也许再也见不着她了。”

回头看时，那身穿黄色衬衣的背影正在隐入街上杂沓的人群中。

像一只正在远去的气球。

我们两个目送着她。

直到现在，我依然不能用语言很好地表述那以后发生的事，也许将来乙彦会比我写得好，好出很多倍。

大概一开始，那个夏天就谈不上顺利，有的只是炎热的阳光和强烈的非存在感。还有我的位置、我的作用、我自身感情的所在。我觉得我就是那个夏天，在夏天里，只有一回体验的高潮，那就是现在，我正关注着一个女人——萃。

我溶入她周围的空气里，体验她那述说不清的忧伤，仿佛直到现在，那忧伤依然存在于我的胸中。我看到了一种险恶的命运，一个在险恶命运中呼号的灵魂，一种带着这灵魂费尽心机追寻爱的执着。

父亲和乙彦有什么不同?

世上男人如此之多，为什么要近亲相恋?

这不是完美的恋情，如果分手，乙彦也可以解脱。

以前的人生成功吗?假若一败涂地，那也是你自己的错呀。

在这样的自语中，萃作出自己的选择，坚信自己的判断，倾听自己灵魂微弱、飘忽而又傲慢的喘息，感受直觉的光辉。

像一只嘤嘤哭泣于泥水中的弃猫，她释放着邪恶的、原始的生命之力，追寻着庄司无法企及的东西，追寻着我和乙彦始终不能相信的迷茫之物。

萃实现了，用自己的方式。在那个夏天，我站在一边，注视这一切。

我看到了萃。

“能来一下吗？我好不安。”萃带着哭腔说。

又怎么啦？我想。

“怎么回事？乙彦呢？不在吗？”

“就怪他。”那边噗哧笑起来，尽管还带着哭腔，“可笑吧，他露营去了。”

“露营？”我也不由笑起来。“你是说篝火露营的那种露营吗？”

“在那边结交的几个朋友过来了，说是去旅行，三天前走的。”

“奇怪是奇怪，但很像个男孩儿呢。”

“也许是吧，我有点事想和你……能来吗？”

“行啊，我有时间。”

这是我们三人相遇后她第一次打来电话，也是那以后我们第一次见面。我买好花和蛋糕向萃的寓所走去。

傍晚时分，各家屋里的光线暗下来，是开灯的时候了。最近一段时间我仿佛是一个有酒精中毒症状的人，意识清醒的时候总是已经不觉到了傍晚。望着黄昏中浮现的街灯和有坡道的住宅区，我总是要喝一杯啤酒后才会有所感悟，啊，今天又到黄昏了。于是清醒过来。如同感慨我又用一天的光阴延续了我迄今为止的人生一样。

自己也许一直被什么东西纠缠着，这种感觉不同于精神分裂的跟踪幻想，有时我也觉得自己并没有被纠缠。

敲了门，没有回应，扭动门把手，门轻易地开了。开着灯的房间明亮而空旷，阳台上的窗户敞着，透过那有着陈旧的不锈钢窗框的大窗户，我看到了一方仿佛剪裁下来的天，傍晚的天空色调深沉而浓密。

跨进房间，我发现萃在阳台边站着，抽着烟，她抽烟是不多见的，风正扬起她的头发，像一幅定格的电影镜头。

“晚上好。”我说。

“欢迎。”她回过头。

和天空的色调相比，她的身影淡淡的，嘴唇发白，眼睛很红。

“洗了衣物，累了。”萃说。

“那就不用张罗了。”我就地一坐道。

“啊!”萃叫起来。

我慌忙起身，“怎么啦?”我问。

“怎么偏坐这儿，啊啊，都是咖啡的污渍……”

我一看，雪白的短裤染上了一块明显的茶色的咖啡污渍。

“像走尿，还像大便。”她说。

我无语。

“刚刚踢翻了放在这里的咖啡壶，忘擦了。”

她嘎嘎地笑。

“啊啊，荒唐，太凑巧了。马上洗可以洗掉的，快脱了吧。”

“能借我一件衣服吗?”

“嗯，有这个。”

萃从一个篮子里拿出一件黑色的棉织裙，看来是刚洗的。我去洗澡间换上。萃把我换下的短裤放进洗衣机，按下开关。

“对不起。”萃说，又在地上洒了咖啡的地方盖上抹布，“做个记号，可不能再坐了。”

“知道了。”我说。

洗衣机轻快的运转声在屋里回荡。

我问：“喜欢洗衣服?”

“喜欢，这声音好听。”她回答。

“瞧，花和蛋糕。”我说。

她抱住百合：“百合，我非常喜欢，它是不是像我呢?”

“自己夸自己，这一点不像。”

“啊，是呀。”

她倒真的有些像百合，我想，那浓烈的芳香、那花粉落在衣服上摆脱不掉的黏糊劲儿。

然而，萃正过分安静地笑着，我像个中学男生一样难为情，没有说出口。

琉璃似的眼、能准确反映一切的清冷的瞳孔。那天的萃是温和的，仿佛在慢慢释放一生的温存，仿佛要使空气也慢慢变得温暖起来。

果然像百合。

从绝望中提炼的蜜糖般的馨香。

萃将百合整个地养在瓶里，一面往桌上摆一面说：“把那个送给她，竟奇怪地感到泄气。”

“复印件?”

“对，奇怪吧? 那是我充满孩子气的最后的城堡，我藏着它，有一种带着陶醉行走于街市的感觉，那是只有我知道的秘密，尽管这种感觉是无意识的。我甚至觉得迷茫，不知道自己的价值究竟何在了。”

“是很奇怪。”我回答，“不过，你以前不也是只身一人过来的吗。那东西不过是个护身符而已，不论去什么地方，你都可以生存下来，你就是这样的人，不论在这里，非洲，还是印度。”

“是，是吗?”萃笑道，“我觉得找回一点自信了。”

我不满意刚才的话，感觉像抚慰一个孩子，因为懊悔，所以我加重语气道：“是呀，不管怎么说，你是有能力的人，思路清晰，不说蠢话，是个一定能笑到最后的人。你有活力，有才能，我就是这么想的，这一个月我在你身边，虽然觉得你有点麻烦，但你比谁都认真实在。”

“谢谢。”

萃微笑，还是那种无力的笑脸。我终于想起来，这同庄司冲我露出的笑脸是同一类型，令人绝望的怜爱，回绝劝告的固执。

“可是才能和魅力只会拖垮我，被卷入茫茫人海中，淹没，消耗，死亡，一定是这样。”萃说。

“在这之前，你还可以改变很多呀，你呀，只是累了。”

“是啊，像这样整个儿地否定先前的看法，我已经多少年没有过了呢。认识乙彦之后？和母亲闹僵以后？和父亲相好的时候？和庄司分手的时候？在外干活累坏了身子以后？还是回到日本以后？总之，想不起来了。”

“你是累了，脸色也不好。”

“实际上，我怀孕了。”

我大吃一惊。

“什么时候？确定了吗？”

“昨天去的医院，没错。”

“乙彦的孩子？”

“不知道，不过可能性很大，我想不会有错。”

“这个……是不是有点麻烦？”我委婉地说。

“还是要堕胎？”她不愿接受的样子。

“可是，有别的办法吗？”

“是吗……”

她沉思起来，不作声，我也默然不语。过了一会儿，我抬起头，想和她说话，却见她正闭着眼。

仿佛在倾听一个虚幻之地的风声。

它来自哪里？我这样想，心里充满悲伤。

她的肌肤非常白，少女时代荞麦皮似的色调和眼睑深处淡淡的粉红虽然正在消失，但这种少女标志性的东西却依然残留着，仿佛保存在镜头和画框里……，我第一次这样仔细打量她的脸，假若她睁开眼，那眼睛的冲击力太强，我也许无法正视，或许正是这瞳孔的颜色和光影反映着她的一切。

然而，现在那里流露的却是失败的颜色，是一个被击倒的人、疲惫的人常有的不可思议的失望的颜色。

突然，她睁开眼，微微扬起嘴角，她说话了，那表情仿佛很幸福。

“很不好意思，我还想再看一眼‘孩子他爸’呢。”

“孩子他爸？”

“那是一个一只手抱着孩子的身影，笨拙的身影，傍晚早早归家的身影，拍摄家庭录像的身影，孩子发烧时不知所措的身影，孩子夜晚啼哭时对妻子呵斥、对孩子却爱护有加的身影。因为我对做孩子他妈没有信心，所以我想看到那样的身影。”

“那是乙彦的身影吗？”

“嗯嗯，不太对，应该说，是一个一般化的‘孩子他爸’的身影。男人做了父亲后，其实很想重温自己短暂的童年时光，再一次目睹幼儿的生活。乙彦是否想这样我不知道，也许他正是因为太想了，才装出不想的样子。”

我想我是在哭了。

不过我的脸上没有哭的表情，眼泪没流出来，尽管有东西涌上来，胸口要裂开似的，然而哭是失态的，我想。

“可是，”她接着说，“若要我堕胎，我会做的。”

“当然。”我说。

“如果可以，这样也许不错，好好和他谈谈，等乙彦回来……”

我又噗哧笑道：“从露营地么?”

“对，从露营地。”萃也笑了。

这是和现在的话题、乙彦的年龄和状况最不搭调的话，以后不论去了哪里，只要听到“露营”这个词，我们一定会因为想起今天而笑起来。

“反正今天是无能为力了，吃饭吧。”萃说。

“吃饭？好啊，去外面吃吗?”我说，“啊，可是，你不是不舒服吗，自己做?”

“只有面包和汤，你吃吗?”

萃这样说的时候，眼神极为温柔，令人怜爱，就是那样的眼睛，充满慈爱。

“你做的?”我做出不喜欢的样子。

“下了毒的哟。”她笑道。

“行啊。”我点点头。

不一会儿，萃拿来散发着浓郁香味的炖牛肉、坚实的稞麦面包和黄瓜沙拉。

“看着挺棒的呀!”我说。

“味道很好哟。”萃很得意的样子。

“萃，你不吃一点?”我问。

“还是没有食欲。”她笑了笑，“刚才，你叫我的名字?”

“哎?”

“你叫我萃?”

“嗯，很随便叫的。”我回答。

“从你口中叫出来，好像特别好听。”萃说。

好吃。我给面包抹上厚厚的奶油，将食物一扫而光。在这期间，萃坐在一边躬着背，一点点啜着啤酒看电视。有种不适感附在我身上，屋里太静，傍晚太长，电视的声音响得令我觉得冷，有些不对劲儿，心绪、时间的流逝和现实的空间都不对劲儿。和我刚来时相比，萃的身影太小。

莫非真的下了毒，谁能想到呢?

待我好容易恢复了意识，感觉“这个人，正在粗鲁地把我挪来挪去”。我正被她在地板上拖着，身体很沉，动弹不了，说不出话，眼皮子仿佛正使劲紧闭，越想睁眼却闭得越紧，即使如此，我还是想看一看正在发生什么事。

我拼命努力。

“对不起。”

萃小声说，笑了笑，声音听起来很远。我的脚踝被紧紧抓着，手似乎嵌进了肉里，那手正在传达她内心强烈的信息，这一点，仿佛连正在笑着的手的主人也并不知道。像我幼时体验过的情形一样，那信息不是语言，而是强烈的、流动着的色彩，它扭动着流向我的脚，是浓郁的紫色，带着令人窒息的感情。

“救命，救命。”

那信息不断传过来。

直觉告诉自己大概要死了，我远比看上去的样子还要疲劳，像庄司当年的模样。一切都联系起来了，所以，我要表达。

“死可不好。”

然而出不了声，果然像小时候那天的情形，我只发出了一种微弱的沙哑的声音。

“死……”

“怎么这样想?”

萃的声音很可怕，她放下我的脚，即使她的手没碰着我，她的想法也依然传过来。

究竟为什么活着?

仅仅为了待在这里，像这样地活着么?

和乙彦的关系结束了。

该结束了，时间已经够长了。

她的心混乱不堪，像杂乱的拼图，所有的思绪正在无声地迅速集结成一个词，那就是“死”。

“不行，开什么玩笑，我们这个夏天不是很开心吗? 不是经常笑吗? 有多少次，我们一起哭，一起笑，忘记了一切，假若你死了，把我忘了，你会很快后悔的。”

我试图阻止她，语言像子弹一样连绵不绝地发射，然而与心的活跃相反，我的身体却在迅速麻木，语言无法企及，最终只说出了几个字：“不……这个……死……”

萃忽地一下站起来，瞥我一眼后便向门口走去。我真的明白了，那水晶般的透明、闪电般的明亮刺进我的心里，使我坚信不疑。

“再也见不到她了。”我这样想。

那背影像百合，还是像百合的，如果我告诉她就好了，后悔。

这时，萃转过身。

“哎？百合?”她问，“你说百合?”

我不知道自己是如何做到的，身体痛得很，像被黏合剂粘在地板上又被剥离开来似的。

我慢慢抬起身，几乎没有意识，像灵魂出壳一般（尽管那种事我并不曾体验），似乎只有心明显地轻飘飘地浮了起来。

我闭着眼，但感觉得到萃正站在那里，看着我。

“哇！像《危险关系》[①] 中的情景，”她说，“怎么，可以起来啦？”

我想这是药效完全发作前的迹象，我的身体原本就对药物很有耐受力，与此同时，我又感觉得到体内有一种东西非常活跃，是一种顽强之物，是安静的，是在孩童时代就一直存在于体内的疑问，是庄司死去时日思夜想的庞杂的思绪，是遇到萃后一直目睹的面容，是对于萃的情感，是咲和乙彦的笑脸，是夏天逝去时的惆怅，是与萃面对时总能感受到的人的忧伤、自身的忧伤，是一种无奈而奇妙的焦虑，是我们相遇之初那强烈得耀目的阳光，是池塘里波光粼粼的水面，是那手握手的感觉，是头发沙沙飘动的声音，是夏天，是在这个有萃的夏天里摇曳着的空间的颜色，以及我面对这个生命时的——悲怆的心情。

“可惜啊。”

---

① 又名《孽网焚情》，美国剧情片，斯蒂芬·弗雷斯导演，1988年出品。

我想我是清楚地这样说了，或许那声音并没有发出来，但萃的心感受到了，她猛地睁开眼，那表情显示她接收到了我思考的能量。

“可惜。”她应了一声，脱掉鞋跑过来，抱住我亲了一口。

亲吻的时间很短，但十分浓烈。

在渐趋衰弱的意识中，我朦胧地想，“和女人这样亲吻，还真没有过呢。”

“这回，我可真成三冠王了。”萃好像听到了，她笑着说。

我睡了过去。

我被人用力摇醒，头一下子非同寻常地痛，仿佛真的被什么东西扎过，这尖锐的疼痛令我难以支持。口渴得厉害。

“怎么……”我说。

“想喝点什么吗?”

是乙彦，他望着我，那表情是在问我要不要马上送医院。

“没关系。”我摇着头说，疼痛又袭来，我紧锁眉头。

“头痛。”

“喝水吧?”

见我点头，乙彦拿来水。水不烫，热度正好。

我大口地喝水，终于发现自己并不在自己房子里。

于是，全想起来了。

“萃呢？”我问。

“失踪了。”乙彦说，一脸要哭的样子，“我知道她会消失，发生了什么事？”

我好容易坐起来。晾台上的篮筐、为我晾晒着的短裤、用过的盘子、敞开的窗，一切依然如故，还是刚才的样子，只是萃不在了。我有种非常凄凉的感觉，是种自己被遗留下来、盛典之后想哭又哭不出来的伤感之极的感觉。肉体上的问题比较大，头一动就痛，全身好像痉挛着。

“现在什么时候？”

“夜里两点。”

“我来这里时是傍晚，萃很累的样子，她告诉我她怀孕了，你知道吗？”我问。

他的话像开了口的堤坝，开始滔滔不绝。

“听说了。她说有可能怀孕了，我说生孩子是不行的，我打算回来后就和她商量。然而我知道，我们走到尽头了，以后稍有风浪，大家都难以应付。她也很清楚这一点，她能做到这样就算是奇迹了。我并不怕她说要生，也并不觉得她真的想生，所以，我们根本没有做清楚的决断，就像说了分手的话，其实什么都没有明确了断一样，就这样，我走了。”

“去露营？”我毕竟头痛，不能笑。

“想去野外。”

“嗯……我说，你们没避孕吗？”我问。

“避孕了，她吃避孕药。”

“这么说，是她故意不吃，或者忘了吃，都有可能。”

“也许她自己也不知道该怎么办，无意间便忘了吃。”

他两手紧握，放在膝上。午夜静极了，只有墓地般荒凉的空气和梦醒时分惨淡空间的残骸。

“能再给我一杯水吗？痛……”

我皱着眉，接过水杯。乙彦问：“她干吗要害你，给你下药，为什么？”

声音里有些愤怒，我感觉得到他那积压着的疲劳。

“萃打算死。”我说。

“果然是这样啊，我有不祥的预感，感觉她主意已定，正因为这样我才赶紧回来的，但她还是不在了。我们一直想着殉情，要殉情的话已经到嘴边了。在旁人看来，我们很傻，但那想法就是摆脱不掉。什么时候开始的呢？那样想。为什么她要害你呢？你不是她最好的朋友吗？”

他好像很不理解，然而我似乎有点明白。萃是真的，她是真心想死，这必须赶在乙彦回来之前，否则就死不成。她想见我，但又不想被我察觉，而见到我后，她更是没了主意，于是便起了杀我之心。也许就是这么回事，她没能做到，我逃脱了。

“我阻止她，从内心里，拼命阻止她。”我说。

“她放弃了吗？”

乙彦眼里闪着祈求的光。

“不知道，抱歉。”

“有希望，她的车不在了，存折和一些随身之物没有了。”

“哦……”

我无法很好地思考，视线落在借来的裙子上，它已被我睡得皱巴巴的，感觉得到时间的流逝，从萃在的时候开始。没有了萃的屋里有一种氛围，那是种微弱的黑暗，在书架的阴影里，在摇曳的窗帘下，在餐桌旁，那微弱的黑暗正在从现实中一点点离去。

“莫非真有诅咒？像萃说的那样。”我说。

下雨了，窗外传来淅淅沥沥的沉闷的雨声。夜的黑暗中，悒郁像潮水一般混合在空气里滚滚而来，它冷冷地看着我们肉体的挣扎、死亡的阴影、视线稍一挪开便悄然而至的无力感和稍一松弛就乘虚而入的心的荒凉。

“道理我不清楚，不过从氛围看我想是有的。

不论干什么，两人在一起就感觉徒劳，那不是颓废，是总也摆脱不了的消沉泄气的情绪。那种因爱而快乐、踌躇满志的感觉从未有过，就是这样。”

“就像现在这间屋子?”我问。

“对，无能为力。不过，也不仅仅如此，还有另外的东西，像花圃一样的好的东西，因此我们继续着，我们自身的力量也是确定无疑的。”

“这我明白，我坚信那种东西是存在的，就像看到了一样。”

“雨声真大。”

“是啊，真的下上了，还有点冷。”

夜雨的倦怠一点点渗进屋来，雨声正在演奏着寂寞的旋律。窗玻璃慢慢湿了，窗外的街灯笼罩在冷冷的苍白中，屋里似乎变得更黑。我不想待下去，虽然我行动困难，但假若继续待在这里，我和他都受不了，胸中塞满孤独的空气，这是我不喜欢的。

“我想乘车回去，送我回家吧，好吗?”我说。

“……嗯，一点力气也没有了，仿佛被海浪冲到了岸边，奇怪的感觉。”

“那么，离开这里吧，这样不就行了？”我几乎要哭出来，心里十分凄凉，那令人痛不欲生的郁闷一直压着我。

“走吧。”我催促道。

乙彦默默地站起来。

乙彦乘上出租车时，我问：“你回那里吗？”

没有伞，两个人都淋湿了。

“不，不再回那里了。”

我松了口气，他一个人，不能在那屋子里待。

“我想找找线索，到她去过的店铺和她工作过的地方。”

“要我帮忙吗？”

“你这样子怎么行。明天之后也许会找你帮忙，到时候再和你联系吧。”他说完关上了车门。

我们挥手作别，再回头看时，车子已经拐进了夜色中，被黑暗吞噬，大雨把它的声音淹没了。

萃失踪了，乙彦和萃都没有再联系我。有几回，我梦见萃死了，每次做这种梦，我都僵直着身子猛地坐起来，身上也被汗濡湿。这以后我再也睡不着，大清早便拿来早报读，把报上的每个角落都读到，要不就提心吊胆地看电视新闻。

然而，没有任何消息。

这样过了三四天，我觉得萃离我远去了。我对自己的薄情寡义深感惊讶，与此同时，我有了一种分离感，仿佛她、他们，还有那时的自己所抱有的种种心情实际上都并没有存在过。

我从诅咒中解脱了吗？

像梦中发生的事，那不是噩梦，我像孩子般地期待着明天。在那些梦中，自己的所作所为好像并不特别，改变不了任何事，所以不去想它，否则只会焦虑，那感觉不好受。

第五天，咲来了电话，当时我正睡着，可铃声响起时我还是条件反射式地抓起话筒，这是近来形成的习惯。

“喂喂。”我说。

“是我，咲。”

“啊啊，早上好。”

“已经是中午了。听着，我，现在，在机场！”

电话那头的确传来飞机场特有的嘈杂，那是白天机场紧张的嘈杂，令人兴奋。

“去哪里？”

“纽约，一个朋友那里，还想为需要撰写的报告买一些书什么的。”

“怎么这么急？”我问。

“那孩子不在后，乙彦总是待在家里闷闷不乐，我待不下去，出去走走。”

“你这个姐姐，够狠心的。”

“如果这样想，也只好随便你。”咲笑道。

“我们的事告一段落了，不是因为萃的出走，不仅仅因为这，而是一些东西结束了，再也用不着守着那些曾经坚守的东西了，与其寂寞地想着，还不如轻松快乐地生活，仅仅作为一个年轻的日本人。这不是值得庆贺吗？旅行，看风景，见过去的朋友，只要轻松就行，我说得不好，但我的心情就是这样的。……另外，根据我的感觉，萃还活着，只要乙彦不在她身边，她就不会死。”

“是么？”

“这是我的感觉，我觉得她没死。……谢谢你做的一切，你救了她。”

“别这样说，你会很快回来么？”

我觉得她像在告别。

“假期结束后一定回，我们还做同事吧。”

虽然这人难以捉摸，然而冷静、好强、和蔼可亲，是我夏日的朋友，我一直喜欢她。

“嗯，秋天见。”

“那么，我去了。”

“路上小心。”

挂断电话，我头脑中飞机场的画面消失了。

也许，她不会回来了，我想，不不，我多虑了，秋天，我们还会见面的。

她和萃不同，她俩不一样。

这样一想，我的心又堵得难受。

风美：

身体好吗？

我很健康，怀孕第四个月了。

没关系，没关系，孩子有父亲（可以当父亲的人），也就是说，我找到了一个愿意娶我的奇特的人。

坦白地说吧，对我而言，我有以下几种可以考虑的选择：

* 堕胎，和乙彦保持关系。
* 堕胎，和乙彦分手。
* 堕胎，和另一个人结婚。
* 不堕胎，和另一个人结婚。

* 自杀。

* 殉情。

生下孩子和乙彦结婚是很难做到了，这一点我痛心彻骨地明白，这痛过于强烈，乃至连我自己也觉得奇怪起来。失踪，我觉得这是最适合我的行为，而且假若要进一步追求故事性的话，也许我就那样做了，然而自我停经后，乃至自我回到日本单独生活后，我已经没有可以那样做的力量和金钱了。

我想，出生至今，我一直深信不疑的故事的理想状态不就是死吗？我有一个失踪的母亲，而我却认为死比失踪更好，因为那样就不用再拥有希望，我一直都是这样想的。

我想死，我一直都想死，这是真的，真的，真的。

也许你无论如何也不会相信，结婚、恋人和死对我同样重要，它们具有无法取舍的相似性，现在，这几种原本的倾向终于发展到了眼下的地步，并且在这里遭遇了。

我觉得早死无法避免，从小我就真的那样认定，它成了我的诅咒，而别人却并不知道。不过这样的想法大家一定都有，只是强弱不同罢了，就如同每个人都有他本人的不幸一样。也就是说，我认为，这样的事是写在父亲的书中的，如果还有东西让我觉得些许可爱，那就是我这样一个在异国遭遇不幸的日本女人在做女儿时（可怜的是，我真是一个女儿）养成的性格，有爱却依然悲观的乙彦，尽管赢得了一个朝气蓬勃的女高中生的爱却仍对人生失去希望的庄司。

当然，事情并非那么简单，不是我用这样的语言表述得清的。它不是善恶的问题，仿佛那倾向深深地扎在每个人心里，以才智的面孔、缺点的名义表现出来，和血液一起在身体中循环，最终使那个人成为自己。假若人生不是这样，假若我们不是我们，现在我们已经在美丽的波士顿，在漂亮的教堂里举行了简朴的婚礼，我们应该已经平静而自豪地生活着了。然而那正是故事，我们不仅仅是姐弟，我们还经历了普通恋人般狂热的历程，然后又分手了，这正是因为我们不能不是我们的缘故。

很抱歉，给你写了这么多无聊的事，但我觉得你是理解我的，我给乙彦只写了一封短信（我想体面地离去），积恨未消。

反正，在这种情况下，死是很明确了，我思考的倾向也偏向死，活下去的信心已经丧失殆尽，到了这步田地，我的心中升起了莫名的愤怒。我将可供选择的做法写在纸上，考虑哪个是我最想做的，哪个是我最不想做的，就导致了现在的结果，仿佛我错过了某种宿命。

尽管作了选择，我还是无力在现实中实行，喊你来，和你商量太麻烦，那么和你一道殉情如何？我想，啊啊，当然，我只是让你睡过去，然后在你身边死去，这样不会死得那么寂寞呀。我朦胧地浮现出了这样的念头，我是太孤单了。由于心绪不宁，我把药放得太多，虽然不至于毒死你，但我的那一份不够用了。这药是一个熟人给的，我决定趁你睡去的当儿再去取，我走投无路，只想着赶快死。就在这时，我看到你要坐起来的样子，仿佛死者还魂一般。你的眼半睁着，声音尖尖的，我真的很害怕，但又深受感动。语言是廉价的，不过当时的情形真是那样。我走出屋子，在门外哭了一会儿，重新进屋时，你已沉沉睡去了，你的睡相很美，像死去了一样，于是我打了一个小包，道了声好好睡后便永远地离开了那间屋子。不用担心，房租我交清了。

马上我就要入籍了，对方是我们店里过去的顾客，也很有钱，但我嫁他是因为他人好，不炫耀，不欺骗，年龄大些，总体上比乙彦好得多。

我要把孩子生下来。

他们的血型相同，所以我想事情不会败露。

现在我才知道，孕吐的呕吐物都比被母亲打要享受得多。

大概，这是个性格刚毅的孩子。

也许会长出三只眼，一只脚，或者随随便便地长出六根手指，也许比这更糟，那一定令我非常难堪，但我不管这些，那是以后的事，我只悄悄告诉你，杀掉那孩子是随时都可以的，即使不是现在。

遇到你以后，我常常想你。

你像一个保护者。

这令我难受，那感觉像你为我买的冰棍儿，在我们第一次见面的那座正午时分的公园里，它融化得太快。

像小时候，在朋友家里玩耍做错事时突然想起的父母的脸。

像同一个不喜欢的人约会却突然想起真心所爱的人时忧郁的心情。

你的存在伴着一种冲击进入我奇妙的梦一般狭小的世界里，那是我一直努力注视的地方。

和你在一起很快乐，你一定一直那样生活着，多么有意思的人生啊。呆呆地观察你，看多了你的爽快、你的笨拙、你的善良、你的忧郁和你的一举一动后，我对自己也似乎有些好感了，对别人也是，我觉得世界开始以原本的模样进入我的心中，我愕然。

不仅你的身影，你对我疑问的回答，就连你拥有的气质也在我眼里变化出种种情形来。我觉得自己并非无路可走，我眼中的所见：太阳、道路、车、路边的花、高楼上的窗户、人们的两只眼、一个鼻子、一张嘴，全变了。

可我觉得最像你的东西是邮筒。邮筒到处都有，但一旦特意找它又难以寻觅，它总是突然出现在令人意想不到的街角。不论天晴还是下雨，邮筒是不会消失的，就像夜空中的月亮，不论在世界的哪个角落，它都会倒映在那里的水中。

在我现在居住的地方，也是如此。

在那个下雨的夜晚，我很难离别，就像要卖掉的小马驹，我与这个伤感的夏天难舍难分，那里有乙彦，有你。为了避免依依不舍，为了打消返回的念头，我在车中只想邮筒，仿佛我的热情已经将我所思考的邮筒变成了现实的东西。

现在，从我这里通向你和乙彦的路只有一条（不是电话，电话肯定不能很好地表达我的意思，而且挂断后的寂寞难以忍耐），而象征这条路的就是邮筒，也就是信，我手中的这封信。

现在，我要把它发出去了。

我要养育乙彦的孩子，用我最大的力量。如果顺利，这孩子将上幼儿园，出席成人式，我希望是个女孩呢。咲可以继续她的研究，乙彦也终于解脱了。

而我，每当看到邮筒时，就会想起你。

这样的情形会一直持续下去。

我想相会恐怕是不容易了。

请多保重！

不过，还是希望有重逢的一天。

萃

进入九月了。

这天，为了完成一份突然而至的翻译，我熬了一个通宵，天亮才睡去，醒来已是正午。突然想喝可乐，就立即去了附近的自动售货机，喝了可乐，顺便散了步，回来时又看了好久没有打开的邮箱，里面有一封信，于是我回到屋里，躺在床上，喝着啤酒读起来。

写得多好啊。

读完后，我拿着这封信，闭上眼，就这样待了好半天。阳光透过窗帘照进屋来，我的眼里是红的，像夏天的大海。

那感受仿佛是在海边、阳光下，一面听着涛

声，一面任热风吹到脸上，我又睡了一会儿。

夏天，还没有完全过去。

醒来已是傍晚，阳光呈现金色，夜晚来临前的天空和黎明的样子完全相同，但颜色变化的顺序恰好反了过来，它是越来越深地暗下去的。

从近期的紧张中解放出来，我一下子变得空荡荡的，但这空荡荡的感觉并不坏。我很快就明白了，我应该做点什么，虽然用不着像咲那样跑那么远，但很想出门，不祥的消息已经不会再来，萃的突然造访也不会重现，夏天里，我是应该去海边的。

我打了一个可供旅行几天的行李包，把早就在考虑埋在什么地方的小木匣也装在里面。假若萃死了，这匣子和那天她借给我的裙子就应该成为遗物，我仿佛成了遗物收藏家。不过就要结束了。我想萃的屋子里应该还晾晒着我的短裤，心里有一种怪怪的感觉，既难过，又觉得不可思议。过几个月，把它和萃的物品一起处理掉吧，我想。

把庄司的骨头放进旅行包时，它发出一种干涩的响声，那声音在我耳边响了好半天，像海浪一样令人怀念。我想起了他那厚实的肩，每当我靠上去，就恰到好处地下陷一些，即使在他开车的时候，那里也是可以依靠的。此时浮现在我眼前的不是他的脸，而是那肩膀和握着方向盘的手，它们已经装在了这旅行包里，死亡就是这样的状态么？

但愿萃不要死。

冲了个澡，头发还未干透，我就出发了。午后的阳光已有了傍晚的色调，街道被照得通亮，家家户户的花木将淡淡的日影投映在胡同里。

突然，我想起盛夏时节第一次去咲的寓所拜访她时的情景，那似乎已经十分遥远，成了平静的回忆。我忽然想，是不是会会乙彦呢？他孤单一人怪可怜的，信（那语气比给我的多半不客气得多）大概已经到了，电话也一定来过吧。我被旅行的念头纠缠着，几乎把这事完全忘了。我没有带萃的信，这样也好，不给他看那封信是对萃的尊重。

到了他家，按响门铃，乙彦很快探出头。

“你好。”我说。

“进来吧。”

我突然觉得非常令人怀念和亲切，甚至有一种战友相见的感觉。怎么回事呢？我们只交往了很短的时间，却已经有了一种仿佛共同做过什么的充实感，还交织着将永远失去对方的痛苦。每天的故事很丰富，行将过去的夏天很伤感，就像我十八岁时的那个夏天。我点点头，迈进屋。

“咲不在，去旅行了。”乙彦泡着咖啡说。

“我知道，她给我打了电话。”我说。

看到咲的地方空荡荡的，我又不安起来。

“萃同你联系过吗？”

我点头。

“她活着就好，真的。”他说，无精打采的样子。

“我也这样想。”

他从萃的信中知道了多少呢？我害怕，什么也没说。萃一定对他说了谎吗？还是如实相告？不论哪种情况，萃既然作了决定，他就无能为力了。假若他还要不辞辛劳地根据邮戳找到她，那必然又要把一切重复一遍，这一次，真要闹出人命来。

根据我的理解，大概他已经决定不去找萃了，所以才有如此痛不欲生的表情。

温暖的风透过敞开的门吹进屋来，和空调释放的冷气混在一起。

“这个大包，是什么？”乙彦用沉闷的声音问。

“我出去走走，旅行。”

“真叫我沮丧，你也要去旅行？去哪里？一个人？”

不知何故，我觉得有些歉意。

“嗯。”我草草应道。

“多长时间？”

“还没定。”我说。

“我来开车，带我去吧。”他说。

见我皱眉，他解释道：“我只是突然羡慕你，没有别的想法，也没有那种力气了。我不想待在这里，两个人总比一个人好呀，我在很多地方也是用得着的。”

我陷入沉思，我不能对他说假若这样，你就去旅行吧之类的话，只做出没想到的样子。他很特别，很消沉，也很疲劳。

“好吧，”我说，“就今天，明天我们分道扬镳，怎样?”

“明白了，明天，我去横滨拜访朋友。”

“正好呀，我也要去神奈川呢。”

“总算有出门的机会了，不然提不起劲儿，谢谢你呀。”

这次相见，他总算露出了一点笑容。

乙彦开始做出行的准备，在这当儿，我外出租了一辆车。

“去买些食物，在海边吃。”我说。

“好呀，生起篝火来。”

渐渐地，他的心情好像明朗起来，这是好久没有过的事了。

上了高速公路，我们向海边行驶。一路上是来自路面的周而复始的震动、提示速度的声音、飞逝而去的城区、天空透明的蓝色、淡淡的半月、闪着淡淡白光的金星。

从傍晚到入夜，从街区到大海，仿佛近期发生的一切都包含在此番景色中了。

那样的事总在发生。

心浓缩了所有入眼的美丽，从浓密到浅淡，一切包容在心间，在巨大而高远的天空的回旋中，它们通过我们所在的这个移动着的位置全部融入了眼前的风景。

“她大概是不会回来了。”乙彦说。

“多半是吧……”

“仿佛身体变轻了，自己要消失了似的，奇怪的感觉。”

“相处几年了？你们相遇后。”

“整六年吧，也许更长，……是想歇一下了，一直干了些什么呢？我都不能清晰地记起来。”他望着前方说。

“那以后找过她吗？”

“找了呀，每天。像警察似的，睡都睡不好。收到信的时候我懊悔不已，先是哭了。”

“不认为她死了吗？”

“我想是失踪吧，但我们都很消沉，也有那种担心。我白天寻找，晚上就睡在那屋里等她，每隔一小时还要听自己家的留言电话。”

“是这样啊。”

“嘴里虽那样说，但真要死也是很难，……活着才好，这一定是最好的选择。”

“这样想就好。”我说。

“可是，假若你今天不来，也许我今晚上就要自杀呢。……啊啊，这是笑话，那封信，真让我泄气。”

说不定这是真的，我想。

“好久没有在海边点篝火了。”

对面的乙彦拾着被潮水冲过来的木头这样说。我把买来的东西——烟花、酒、炸鸡一股脑儿堆放在海边的沙滩上。

海边暗下来，稍微离他远一点，他的身影似乎要被黑暗吸了去。

海风中，我眺望着真正的大海。

我意识到，眼前的大海比我一直在思慕中想象的大海大一百倍。波涛不断地轰鸣着，金星和月亮一直升到中天。

“参加过童子军吧？”我问。

“怎么啦？”

他的篝火架搭得非常漂亮。

“似乎很在行。”

“抱歉，没有，不过在海边住过。”

“什么时候?”

无论说什么，他总是闷闷不乐，不愿多开口，来到海边才终于轻松起来。尽管他只默默开车，我依然能感觉得到他内心的愁闷在不断升腾。啊，这事当真到了如此地步了吗?即使能够理解，岁月的沉重也难以分担。我想起我去拜访他和咲的那一天，想起在那个傍晚他去见萃时的背影，那些仿佛理所当然的漫长的日子成了刻在他心中的深厚的情感之河，然而如今，他们分开了，成了今天这个样子。

“父亲死后不久，母亲身体不好，在家静养，我们一家三口经常燃篝火，放烟花，加上我海边朋友多，所以知道一些这方面的技巧。”

“快乐吗?”

“不太记得了，住在海边，有一种非现实感。”

乙彦说。

“除了燃篝火，你还有什么更高超的本事?”

篝火终于燃了起来，火焰摇曳，不知为什么，这闪闪的火焰却使海边的黑暗更深了。

“往后瞧着吧。”

火光下，他的脸明朗了一些，我头脑中闪过母亲讲过的“心无妄念地沉迷进去”这样的话，真是这样吗?此时他已坐下来，漫不经心地将树枝扔进火里。

“瞧，还有葡萄酒。”我说。

我像萃上回做的那样把葡萄酒倒进杯子，只是这次我们用的是塑料杯。

“真好喝。”乙彦喝了一口说。

“一入夜就凉了。”

“是秋天了呀。”

“是吗?所以说，不要先放烟花，要先点篝火。”

“过后还是要放烟花的。”

“鸡肉烤好后不大方便吃。”

“想到了，我买了烧烤用的铁钎儿。”

“真周到啊。”

“小甜饼也用烧烤的办法，包上箔片，烤一下，这样是不是很好?”

“这也想到啦。”

“在野外，你才是内行吧。”

“如果便当之类都准备好了的话。”

有些醉了。好几次，我这样想：“怎么不知不觉和这个人到了这里?”不过近一段时间尽是这种感觉，所以习惯了，只是这黑暗的大海、轰鸣的波涛令我感觉新鲜。泛着白色泡沫的海岸、浓烈的潮水气息、沙粒爽快的感觉、远处安静的，仿佛呼吸着的环绕我们的地平线、海边闪烁的街灯，像人造卫星般在海边道路上移动着的汽车前灯。

随着黑暗加深，那篝火也终于旺起来，火星飞溅着，海边被照得白晃晃的，火虽不算太大，但它燃烧的声音似乎压住了涛声，黑暗也仿佛被它驱散了。

“火怎么也看不够。”

“嗯。”

大海平滑闪亮，仿佛舞台布景上一块舒缓摇摆着的黑布。和大海相比，天空的颜色有着微妙的不同，那海天之间的部分则宛如被海风吹得猎猎作响的补缀的布片。

我慢慢从包里拿出木匣，放进火里。

不一会儿，那木匣耀眼地燃起来，并没有我事先担心的气味，它们似乎很快融进了海风里。这地方比火葬场理想，没错。

“气氛挺肃穆。”乙彦说。

“难道乙彦知道?”我想。于是问了他。

“骨头吧。”他回答，并没有看我。

我面对篝火，双手合十。

“你什么都知道啊。”我说。

“那家伙什么都说，不论可怕的事还是微不足道的事，所以自然知道。……写信就装腔作势了。”

“哦。”

想来他们相互十分了解，现在却分手了。没办法，这是他，也是她的决心，这决心在他们心中反复出现，像起落不定的波浪。

“不好意思，其实，我也拿来了一样东西。”说着，他慢慢从包里掏出一叠薄薄的打印用纸。

“是什么？”我很惊讶。

“父亲的第九十九篇小说。”

他一张张地撕下那些纸，扔进火里，纸一张张地被火焰吞噬，跳舞般地燃烧。

“他亲自给你的？”

“没错，他死前寄给我的，没署名，母亲也看了，她说这个应该由我保存。”

“那萃手上的呢？”

“你是说她送给咲的那份吧？内容一样，但字是萃的。大概父亲卧床期间她自己抄的。”

“是这样啊……”

我想起了萃那天的样子。

“没听她说过？”

“那么，你有这篇小说的事跟萃说过吗？”

“没有。”

“跟咲呢？”

“也没有。给萃看本来没什么，但让她知道其他人也有这个，而且是我和咲，是不是很可怜呢？在关于父亲的记忆中，只有那件东西是唯她独有的啊。”

“是这样啊，明白了。”

我的脑海里浮现出十五岁以前的萃在黑暗中抄写父亲原稿的样子。那些纸片很快变成又黑又轻的一团，被风吹着顺着海滨向远方滚去。

“事到如今，我也顺便告诉你一下，第九十八篇小说的结尾部分，你曾经夸奖过的吧，那是我写的。”

“啊？”我沉默了好半天。

"怎么回事?"

"那第九十八篇在我这里时是尚未完成的。我和萃恋爱后，她非常想看，于是我悄悄拿了出来。那上面写了萃的事，但也许是有所顾忌，并没有结尾，挺凄凉的，而且那时我已经知道她手上有第九十九篇小说了。她虽然离开了出走的母亲，依靠亲戚的帮助来到日本，但生活得很不顺利。于是我借着一时冲动加了结尾，她又把这小说送到了庄司那里。只有第九十八篇是这样。"

我沉默。

"都是过去的事了。"他说，"咱们烤鸡吧，不过刚烧过骨头，有点反感吧。"

"人也好，鸡也好，都是肉身。"

"倒也是。"他笑道，"啊，舒畅多了。"

"我也是。"

"仿佛附体的灵魂离去了。"

"我也是，而且，我一直想来海边。"

我说罢吃起烤鸡来。乙彦则从火中取出了小甜饼，“不论聊什么心情都很好，是不是醉了呢。”他说。

打开箔片，香气扑鼻。

“还是有点焦了。”乙彦笑道。

“近来没和人说话，大概也有这个原因。”

“因为这火的关系吧。”

“也许还有风的关系。”

“据说，面对大海，人的心胸就开阔。”

“什么烦事都会忘却。”

“无论谈什么都随波远去。”

“这就是自由的感觉。”

“是啊，一定是这样，酒有点温了，但味道还不错。”

“保温箱里还有吗?”

“放着一瓶。”

“来这里真好，很高兴，很难得。”

“我也是。这样丰盛的野餐可不能独自享用。”

我们吃着小甜饼。

“月亮多么皎洁啊。”

“嗯，看上去非常小。”

“星星也一定很多，只是在火光边上难以看清。”

“是啊，一定很多，还能看见银河吧，就这里。”

他伸出一只手，在空中划了一道线，表示横跨天幕的银河。

“正中间有天鹅[①]。”他说。

“这里没有其他人。”

“是啊，非常安静。”

猛回头，海边耸立着一排楼宇，楼群庞大，像围着海滨似的，那好像是疗养的地方。

“从那窗口看得到这篝火吧?”他说。

“要找地方过夜了吧。”

“这么多房子，一定有空的，我们很快可以

---

① 指天鹅座，夏秋季节的夜空比较容易看到。

订到。”

“那些没开灯的房间应该是没人住的。”

“也有的是里面的人睡了，或者出门了。”

“现在不是旅游旺季，所以有这么多空房。”

“瞧那扇向外突出的窗，多可爱，造型多精致啊。”

“这里都是别墅风格。”

“都不大像是在日本了。”

“你有钱吗?”

“带了信用卡。”

“我也带了不少钱。”

“旅行的时间长，钱可要省着点。”他笑了。

似乎我要一直旅行下去。

“等一会儿我们去旅馆的酒吧喝一杯怎样?”

“行，我想喝热的。”

沉默，周围只有涛声，随着夜色渐浓，越来越清晰，眼前无边的风景把心中的郁结一扫而空，清新的空气沁人心脾，仿佛有一道亮光永不消失。这是一个清朗幽静的夜，一个永恒的、宛若处在世界尽头的夜。

那小说的最后场景就是这样的夜，悠然飘来的人鱼歌声是那样忧伤凄婉，那覆盖着鳞片的、不能触摸的下身，那头发掩映着的悲伤的面部侧影、月光，“美丽的她，是我永远的爱。”

“那是你写的么？模仿你父亲的笔调？”

“别再旧事重提了。”

“难怪我觉得那地方很不同呢。”

“别说了。”

“咲，还是萃？”

“都一样。”

“不会再见到萃了，只能依靠邮筒了。”

“你哭了？”

我抽泣起来。假若不是在海边，我不会这么强烈地感到她的离去。一个为了离别而相聚的夏天，一个留下遗痕而逝去的朋友，我再也见不到她了，再也等不到她下午打来的电话。

“别哭了，你这样，我也想哭。”

“已经不哭了。”

“好了好了。”

他的表情很凄凉，真像要哭的样子。

“一起睡吧？”他说。

“这是我要说的话呀。”

“我好像喜欢上你了。”

“好啦。”

“秋天再说吧。”

“就这样。”我说。

“就这样吧。”

我看着乙彦，看着泪眼外的天、大海、沙滩和摇曳的篝火，全以令人目眩的速度进入我的脑海里，我似乎头昏眼花了。多美啊，所有这一切，发生的所有事情都令人为之疯狂般激荡、美好。

后　记

导演佐杜洛夫斯基[1]在谈到自编的电影《鼹鼠》时说："假若你很优秀，'鼹鼠'就是一部优秀的电影；假若你很平庸，'鼹鼠'也将是一部平庸的电影。"我非常欣赏这句话，也想把萃这个人物写成那样。在有些读者看来，哪怕最平凡的女人也会有一个菩萨般的小宇宙。

但由于笔力有限，还是无法写得令自己满意，这是比较遗憾的。不过，特意全力处理了《哀愁的预感》中留有遗憾的地方，感觉挺舒畅的。而且在这部作品中，我力图将以前出现在我小说中的所有主题（女同性恋、近亲相恋、心灵感应和共感、超自然力、宗教等等）尽可能地都放进这样一个奇异的空间中，放进这个只有少数人物的小城里。现在回头看时，在写作它的这一年半时间里，从许多方面看，我都非常努力，很兴奋，也很幸福。我总是觉得自己有差错，然而我的第一步也总是从那样的地方开始的。

在我的周围，包括我，在你的周围，也许包括你，有很多“苦恼的人”，他们始终抱着诸如才能、缺陷这些妨碍生存的东西生活。可是，在这个世上，不论什么人，都可以处在一个不在乎别人的自己喜欢的位置，按照自己的意愿生活，包括我在内，大家似乎都忘了这个道理，因此有了着力把它放进去来写这部作品的冲动。

我对一直耐心期待这部小说问世的角川书店的中西千明先生、高柳良一君，对没有负责这本书的出版却经常给我以鼓励的石原正康先生，对热心接受采访的翻译家小泽瑞穗先生表示衷心的感谢。

我还要感谢为了给这本书提供漂亮的、最理想的封面而彻夜绘出多幅图画的日本一流艺术家原增美先生和设计者山口昌弘先生。

感谢在这一年半的时间里给我提供帮助的所

---

① 亚历桑德罗·佐杜洛夫斯基，1927年出生于智利，魔幻现实主义电影导演，代表作《鼹鼠》被视为经典影片。

有人。

感谢写信鼓励我的朋友，更要感谢这本书的所有读者。

衷心感谢。

写于患了感冒的十一月，晴朗的下午，
吃着柿子的时候
吉本芭娜娜

文库版后记随笔

借此机会写点与这本小说相关的往事，尽管那是很私人化的事情。

这本书出版后，几个朋友对我说，“萃和 M 小姐很像啊。”

M 小姐是我的一位女性朋友，那一阵子我们来往得特别频繁。

我是完全没有这种想法的，然而经人这样一说，仿佛明白了一点什么。

于是我试着和她本人聊起这件事。

“在真秀（我的本名）的小说中，这本小说最能引起我的共鸣啊。”她说。

然而在我心里，对于这小说和 M 小姐的联系表现于何处还是不太清楚。

后来 M 小姐要去国外定居，出发的前一天，她来我家住了一晚。

那时她有一个恋人，也挺能折腾的，因精神病和其他种种原因，这人闹自杀，未遂住院了，出院后和她约好在那边碰头，然后先行一步出门远行了。

“和那个男人住在一起，在国外的日子想必消停不了。”她说，虽然这也是我的真实想法，但我没做声。

她的人生原本是“自己做主，随心所欲，故而看似轻松乐观，却需要辛苦和坚强”的一类，她明白这个，所以对别人从不提及此事。

紧接着她用一种对她而言最为沉痛的表情快言快语地说：“我被那人强暴了。”这件事虽不宜详写，但那种强暴是不能容忍的（……是不是也有好的方面呢?）。

听了这话我很是震惊，但她似乎就这样忍下来了，所以我也没有就这事表达得太多，觉得一旦用语言显露了激愤和同情，对于完全承受了厄运而活着的她那高洁的灵魂是一种失礼的行为。

第二天早晨，她狼吞虎咽地吃了我为她煮的面，然后语气激昂地述说此后的抱负，不过那样子还是有些无精打采。不一会儿，从我家出发的时候到了。

那是个阴沉的初夏的白天，我们俩都是短裤配T恤。我牵着狗，一直送她到车站。“昨夜被噩梦魇住了。”我说，“天热的缘故吧。”她回答。

在人来人往的车站前，我们理所当然地紧紧拥抱，依依惜别，含笑挥手离开。在看得见站台的坡道上，我和狗一起坐着，想找她的身影，但已无处寻觅，只好悄然回了家。

那时我恰巧处在一个糟糕的时期，不用说，她也如此。以语言为生的我从她那里明白了一个道理，那就是人的处世或努力，坚强或羸弱，疲乏或不安都是一样的，如此说来，与其做出理解的样子诉诸语言，还不如把对方当作知己普普通通地过，那共处的空间就是交流。这一点，我有生以来第一次明白。

这种分别意外地寂寞，那时我才第一次有了真切的感受，我想，“《N·P》的季节过去了，果如大家所言，这小说整个的基调，象征着并支撑着我写作这部小说的那一段时期的，大概就是M吧。”

事实上，在我的周围，比小说更离奇，《N·P》与之相较大为逊色的事正层出不穷地发生着，既然如此，还有什么必要写小说呢？对于这个疑问，我也找到答案了，“归根结底，每个人都有在各自的情形中无法诉诸语言，难以表现于外在的东西，我把这些东西写成故事就是想与陌生的他人求得相互理解。”虽然这样的回答只是眼前性的，然而从这个意义上说，这本小说还真是很能勾起回忆的作品。

现在一切都远去了，她在国外正和新的男人愉快地生活，而我也正在写着新的小说。

于这个文库本筹措问世之际，在此谨向给以关照的诸位致以我一如既往的感谢。

爽快地应承撰写解说的村上龙君，谢谢了。

我从龙君那里学到了很多东西，除直接的SM以外，他几乎什么都愿意跟我说，现在亲受撰写解说之荣幸只令我感激涕零。

承蒙阅读本书乃至于这种记述个人想法的文字亦不予放弃的读者诸君，谢谢了。

又感冒了。

秋高气爽的一天。

吉本芭娜娜

图书在版编目(CIP)数据

N·P /（日）吉本芭娜娜著；张唯诚译.
—上海：上海译文出版社，2018.11（2023.5重印）
（吉本芭娜娜作品系列）
ISBN 978-7-5327-7782-2

Ⅰ.①N… Ⅱ.①吉… ②张… Ⅲ.①短篇小说—小说集—日本—现代 Ⅳ.①I313.45

中国版本图书馆 CIP 数据核字(2018)第 086286 号

图字：09-2003-351 号

N·P	[日] 吉本芭娜娜　著	出版统筹　赵武平
		责任编辑　刘　玮
N·P	张唯诚　译	装帧设计　尚燕平

上海译文出版社有限公司出版、发行
网址：www. yiwen. com. cn
201101　上海市闵行区号景路159弄B座
江阴市机关印刷服务有限公司印刷

开本 787×1092　1/32　印张 7.5　插页 5　字数 61,000
2018 年 11 月第 1 版　2023 年 5 月第 2 次印刷

ISBN 978-7-5327-7782-2/I·4770
定价：49.00 元